左京區，
七夕小路向東行

左京区七夕通東入ル

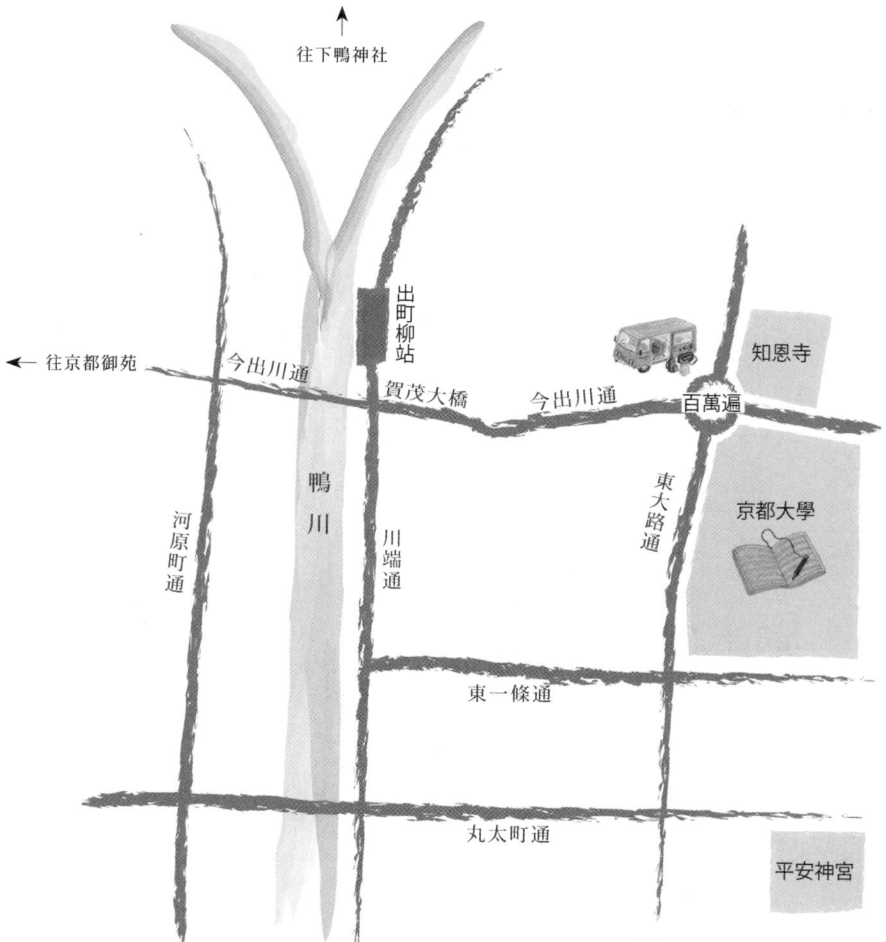
往下鴨神社
往京都御苑
今出川通
出町柳站
賀茂大橋
今出川通
百萬遍
知恩寺
鴨川
河原町通
川端通
東大路通
京都大學
東一條通
丸太町通
平安神宮
往祇園

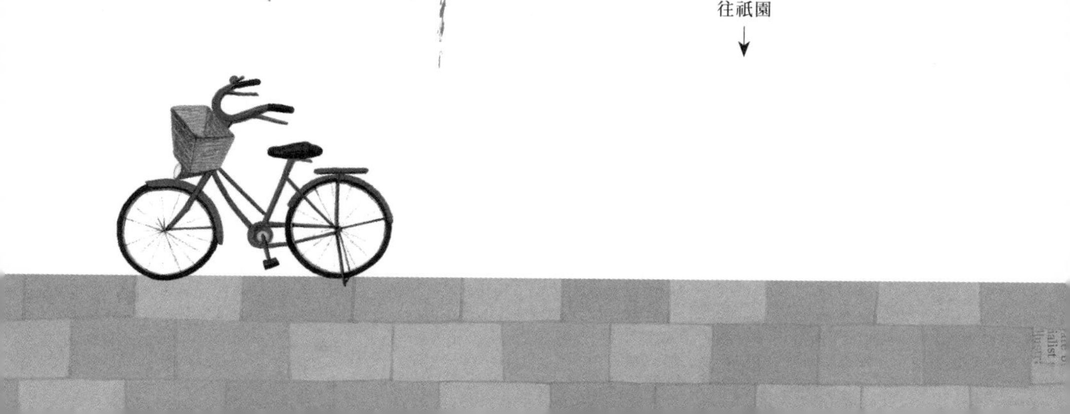

1 藍莓 007
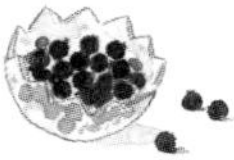

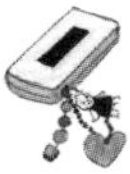
2 章魚派 025

3 三角洲 045
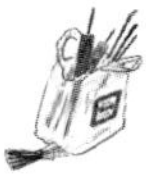

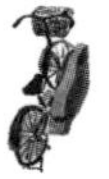
4 約會 071

5 癖好 093
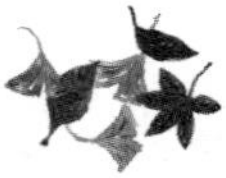

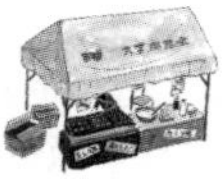
6 恐慌 109

7 美園 125
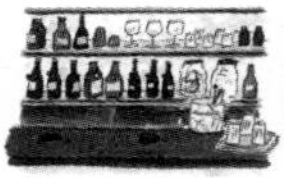

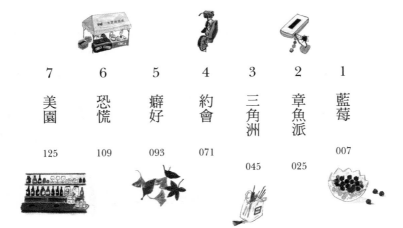

8 屏障 141

9 扭曲 157

10 耶誕節 175

11 樂高 197

12 跨年倒數 211

13 旅遊書 233

14 故鄉 253

15 Be Happy 275

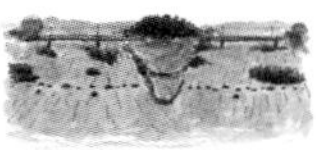

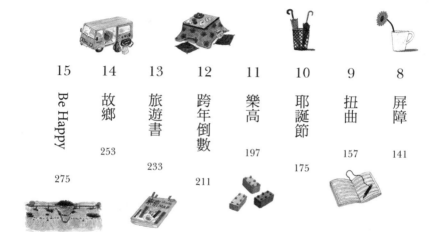

1 藍莓

七月七日，是我們相識的日子。

聽起來好像很浪漫，因為這個日期總是令人聯想到七夕吧！無論是隔著銀河相愛的悲戀故事，或是在這天將願望寄託於紙片以許願的習俗，都讓少女心小鹿亂撞。

可惜，我們的故事和牛郎織女一點關係也沒有。

何況，即便一年一度的相會確實令人期待，但我受不了。

那天早上我睡過頭了。

對不怎麼賴床的我來說，這很罕見。我慌張地起身，拉開窗簾。之前下了一星期的雨，看起來總算停了，水量高漲的鴨川，河面閃爍著波光。

我機械般地洗了臉、刷了牙，整理儀容。今天不像平時能好整以暇地挑衣服，因此我選擇了最安全的搭配：柔軟的白色紗質襯衫配牛仔褲。我快速將防曬乳塗在臉和雙手上，瞄了一眼時鐘，在腦中盤算著：騎腳踏車飛奔到大學需要十分鐘，從腳踏車停車場跑到教室要五分鐘，看來還剩下五分鐘。因此我打開了冰箱。

我打開裝優格的盒子，裡面剩下大約五分之一，應該能一口氣吃完吧！正打算管他優不優雅、直接用湯匙挖來吃時，突然想起了什麼而打開冷凍庫，上星期買的冷凍藍莓還有半包以上躺在裡面。

藍莓似乎對身體很好。常聽人說藍莓對眼睛好，包裝上也寫著含有各種豐富的營養成份。

藍莓優格用來當成簡單的早餐，似乎還不錯。但我一個失手，袋子拿得太斜，原本應該落在優格上的藍莓掉了好幾顆在盒子外，其中還有兩、三顆沿著我剛穿好的襯衫滾落地面。

看到散佈在脇腹處的斑點，我好想哭。對眼睛好、富含營養成份的藍莓，唯一的缺點，大概就是會讓手上及衣服沾滿明顯的紫色吧！

打開衣櫃，卻找不到適當的衣服換。因為前幾天一直下雨，常穿的衣服幾乎都丟在洗衣機裡了。我著急地翻箱倒櫃，找出幾件上衣及T恤在身上比來比去，卻總覺得不滿意。透過鏡子，我看到身後的床上漸漸被各種顏色的衣服佔領，粉紅色、黃色、藍色，花圖案、海軍領、圓點。

我瞥了一眼四散的鮮豔色彩及花樣，又看了看時鐘。

時間是九點五十分。

先做個深呼吸吧！心情略略穩定後，我再度站回衣櫃前。像這種走衰運的日子，最好換個裝扮來改變心情。如果這種日子還穿著不喜歡的衣服，根本就像置身地獄。可能是我在乎穿著的關係，不過，就算是不特別愛打扮的女孩子也一定能理解這種心情。

今天的考試是從十點半開始，其實不用擔心遲到。我本想早點到教室猜題，不過只花三十分鐘，大概也準備不了什麼太難的內容。雖然是我不擅長的數學考試，但現在才臨時抱佛腳想必也抱不到。我討厭數學的歷史可是相當悠長，從十幾年前這門學科還被我稱為「算數」的時候就開始。當時還是小學生的我，成績比現在優秀許多，「算數」卻只考了七分，因此受到很大打擊。考大學時也是因為數學，害得我總平均往下掉了十分。

煩惱許久，最後決定穿上個月底剛買的紅底白花連身裙。這是件無袖、裙擺飄逸的度假風連身裙，正適合今天這種夏日陽光。我套上紅色涼鞋，打開門的瞬間一陣風吹來，令人心情開朗了起來！我飛奔下樓。

一樓的腳踏車停放處，只剩我的腳踏車孤單地停著，其他住戶幾乎都出門了。我住的這棟公寓很新，內部裝潢很可愛，一樓又能自動上鎖，所以女性住戶很多。洗手台有很大的窗戶、西側陽台又能俯瞰河面，是我當初決定入住這間套房的原因，四年下來充滿了許多回憶，當然也有讓人不願想起的回憶。

沿著川端通[1]稍微往南，就會到「出町柳」車站，是連接這座城市與大阪的京阪電車終點，可在此轉乘叡山電車，往北連接到修學院、比叡山。車站前方一座座導覽看板都被中高齡旅行團團圍住，我穿過他們，左轉，來到去學校的捷徑。在老舊民宅之間的狹窄小路上，我踩著車，閃過停在路中央的腳踏車。

行經腳踏車出租店門前時，從店裡出來的年輕外國情侶，正要開始他們的腳踏車旅程。紅色本子從他們的大背包中探出頭來，應該是旅遊指南吧，白色的標題「KYOTO」[2]真鮮豔，順著他們飄逸的金髮看去，「大文字」[3]中「大」字的綠色山頭映入眼簾。

考試結束後，跨出悶熱的教室，外頭是萬里無雲的晴天。午後的空氣裡，帶著夏日的味道。京都的夏天是有名的難熬，現下拉開序幕了。今天濕度低，還不算難受，再過幾天，令人不舒服的濕熱就會「蒸蒸日上」了。

雖然考試結果九月之後才公布，但考完的感覺不差。看來這堂課學分很好拿的傳言，應該是錯不了。

推薦我選這堂課的，是同上一堂專題課的小剛。我們大一時在課堂上認識，現在他是我在大學中最要好的朋友。雖然他有點吊兒啷噹，但其實很親切、很照顧人，個性開朗，和他在一起總是很開心。而且他朋友多、消息靈通，我的大學生活受他許多幫助。四月時為了選課的事我傷透腦筋，他提供我許多有用的資訊。從新生入學到現在第四年，我們早已學到，選課這件事與其說是出自對知識的嚮往，還不如說是一場「資訊戰」。

「數學？」

一開始我根本沒興趣。

「妳數理方面的學分還不夠吧？」

對他的問題，我只能默默點頭。雖然說來慚愧，但事實的確如此。都大四了還得和

1 日本的街道多以「通」命名，類似我們的某某「路」。
2 日文「京都」的拼音。
3 每年八月十六日，京都的數座山頭會點燃篝火，排成字型，藉以引領死者的靈魂，稱作「五山送火」。其中有兩座山頭寫著「大」字，分別被稱為「大文字」及「左大文字」。「大文字」指位於左京區淨土寺的大文字山。

新生一起選修通識科目，實在很丟臉。不過，好不容易找好了畢業後的工作，如果因此畢不了業反而更糟。明明不該是這樣的啊！我們學校的文科生，大多在大四夏天[4]就已找好工作，所以這時候都心思都放在社團、省錢之旅或打工等課業以外的事情上。尤其是我讀的文學系，必修科目很少，課程選擇的自由度也高，很多人現在已經進入「課業停滯期」，總令理科生們非常羨慕。不過，就算日子很好過，仍有許多人為了學分焦頭爛額，這在校內也是很出名的。

「我怎麼覺得，選生物之類的還好一點。」

小剛自信滿滿地向我保證絕對沒問題。他翻著厚厚的課程表，掀動頁面時的一小陣風撥動著我的瀏海。

「這個這個。」

小剛翻到「基礎數學III」這頁。課程內容那一欄像是搞笑一樣，特別用粗體字寫著「**給想了解數學樂趣的諸位**」，這反而更讓我不安了。數學樂趣什麼的，不了解也沒差吧，我根本不想了解。

「老師不點名、考試也很簡單。妳看，上面寫著就算不擅長數學也很歡迎呢！」

「就算很歡迎……這是真的嗎？怎麼感覺有詐。」

「只要會加法減法和九九乘法就可以了。」

「九九乘法？」

嗯，果然有詐。雖然我是重修的人，沒資格講這種話，但大學的課程這樣真的行嗎？而且這樣真的能夠理解「數學的樂趣」嗎？

「還有，期末考是作文。」

「作文？」

這更令我意外了。

「寫作文不就正合我們的專長嗎？」

小剛上這堂課時，作文題目是「數學與我」，今年的題目則是「我喜歡的數字」。答案欄佔整張紙約三分之一，為了寫滿這片大空格，我努力構思內容，並將字寫得特別整齊，尤其是文章開頭寫得最好：

「我最喜歡的數字，是7。因為人們總說『Lucky 7』，這是個吉祥數字。『7』的發音『nana』，讀起來特別可愛。」

我花了考試時間的一半以上，寫出一篇自認為不錯的作文。剩下的，就是祈禱教授會喜歡了。

---

4 日本學制中，上學期是每年四月至八月，下學期是每年九月至三月。

傳個簡訊和小剛道謝吧！不過現在就道謝會不會太早？如果考試沒過，到時可就笑不出來了。我一面想著，一面往中央校區的小咖啡廳走去。

我的學校，依照科系不同，分成好幾個校區。北校區有工學院、理學院、農學院等，中央校區有法學院、經濟學院、文學院、教育學院等文科，南校區則是醫學院及藥學院。通識教育的教室在另外一區，進出那兒的學生感覺上年紀很輕。上通識教育課的大多是大一、大二生，實際年紀較輕原是理所當然，但他們的精神年齡感覺也比較小。話說回來，像我這種上了兩年還拿不到學分的學生沒幾個，拉不高他們的平均年齡。

每個校區的氣氛都不太一樣。的確，各校區由道路隔開，彼此之間有距離，但連學生的樣貌也有差異。影響最大的因素，大概是男女比例吧！例如走在中央校區的，大半都是文科生。比起其他大學，我們學校的女生非常少，但文科大約還是有二、三成是女生。服裝方面也是，除了偶爾有人穿著木屐走路嘎嘎作響，或穿著寫有公司名稱的宣傳用外套以外，大部份學生們看起來和四条河原町、烏丸御池一帶的人沒兩樣。

但北校區的氣氛就像男校。而且，說好聽一點是有個性，說難聽一點就是不修邊幅。大部份學生衣服背後寫的是高中校名；我第一次見到破洞牛仔褲——不是趕流行的那種，也是在這裡。飄出異味的上衣外套，根本看不出原本是什麼顏色；理學院附近還會看到很顯眼的白色實驗服，上面沾著辨別不出顏色的色塊。總之這裡的流行，和世間的主流價值不同，喜歡打扮的我常因此感到憤怒。一個個奇怪的配件構成詭異的組合，這些奇特的風格實在很傷眼睛。

我的數學考試是在北校區進行，教室旁邊就是北區食堂。雖然我腦中也閃過走進去一瞧究竟的念頭，但我穿著這件連身裙，實在沒有一個人進去的勇氣。就算知道應該沒有人會在意他人的裝扮，但還是沒辦法抬頭挺胸。

「小花！」

正當我走過食堂前方，突然有人拍我的肩。我轉過身來，原來是亞里莎。她穿著鮮豔的藍色無袖小背心，配上白色短裙，打扮的程度和我不相上下。

「真稀奇耶，妳最近有乖乖來上學啊！」

不愧是亞里莎，今天也是一開口就很沒禮貌。亞里莎國中之前都待在美國，因此總是想到什麼說什麼，個性直爽。和個子不高的我比起來，她更小一號，不過，她的臉蛋也很小，體態均稱，配上褐色眼睛和捲髮，以及她本人很在意的雀斑，顯得很可愛。看起來像混血兒，不過據說她父母都是日本人。我和她讀同一所高中，從前一同在東京時原本不怎麼親近，搬到京都後，好幾次在學校遇到，才因此有了交談。其實亞里莎讀的是這附近一所教會女子大學，騎腳踏車不到十分鐘的路程。她之所以常到我們學校來，是因為她男朋友修治是我們學校理學院的學生。修治在理學院的生物系研究大腸桿菌。

她們兩人剛上大學時就開始交往，今年已經第四年了。從大一開始，亞里莎就常來我們學校，和幾乎都待在研究室裡足不出戶的修治相比，她更熟悉這所校園。除了常來中央校區的咖啡廳，她也常去南校區的食堂，甚至研究透徹，知道同一道菜，不同天的調味和份量有什麼微妙差異。她的學校很漂亮，明明舒適多了，她卻嫌太優雅，反而常到我們學校雜亂的食堂吃咖哩豬排定食和天婦羅烏龍麵，甚至不會刻意約修治。忙碌的修治，常在研究室裡吃買來的便當，也就是在大腸桿菌的相伴下用餐，在很離奇的飲食氣氛中生活著。

「妳在這裡做什麼啊？」

「我剛考完試。」

「什麼嘛，原來只是考試。妳這身打扮，我在一百公尺外就看到了。」

亞里莎摸了摸我的連身裙。

「衣服真好看！」

「謝謝！」

「好好喔，我也想要這種花圖案、有夏天氣氛又漂亮的衣服。我想穿著到海灘去！」

她總是一副興致高昂的樣子。本以為她會滔滔不絕說下去，她卻突然想到了什麼。

「對了，妳今天有沒有空？要不要去聯誼？」

她說本來是男女各四人，結果突然有人不能來，所以要找人代打。

「妳學校的學生比較適合吧？」

我猶豫了一下。亞里莎學校的學生以漂亮聞名，在男學生之間很受歡迎。京都的學府很多，她們學校堪稱等級很高，小剛也說過她們是「京都女大生排行第一名」。

「才沒這種事呢！」

亞里莎很誇張地否認。

「小花很可愛，大家一定會很高興。」

「才沒這種事吧！」

這回換我搖頭了，不過亞里莎沒有放棄，繼續勸說。

「而且這身衣服根本就是完美！雖然平常穿便服也很適合。」

她拉著我的手要我一起去，我心裡多少有些動搖。我幾乎不曾穿過連身裙來學校，還在這裡巧遇亞里莎，也算是機緣湊巧。既然這麼難得，索性答應她吧！

「那……我就去吧！」

亞里莎聽到我的回答，眼睛都亮了起來。

「搞不好會遇到真命天子喔！」

真命天子？聽起來真美妙啊！

「對方是我們學校的男生嗎？」
「嗯，是修治的朋友。」
「原來如此。」
我鬆了一口氣。這樣的話，應該就不用太小心翼翼了。
亞里莎讀的女子大學，學生帶給人「漂亮」的印象，但若要形容敝校男學生，最常用的詞彙大概就是「不起眼」了吧！而且女生的比例太低，所以剛剛提到的女大生排名，我們根本排不上。小剛每次都說我們是「榜上無名」，我可是覺得很受傷。當然，亞里莎的學校也有很普通的學生，我們學校也有讓人驚訝的帥哥，以上說的只是平均值。
但對現在的我來說，對方的素質不那麼優反而剛剛好，因為我正處於戀愛休養期。與其緊張兮兮，更希望能和樂地吃吃喝喝，度過今晚的聯誼。
「我知道了。」
我輕輕地點了頭。亞里莎可能誤會了，慌忙補充說她有請修治特地找幾位帥哥來。
聯誼是晚上七點開始，在三条木屋町的居酒屋。
亞里莎說是四對四，所以找了我來，但出現在店裡的，加上修治只有三個男生。修治看來似乎很苦惱，打了幾次電話都沒通，因此大家決定先開始。

我們分成男女兩邊，坐在八人桌旁。桌子兩側都有隔板，店裡有許多這種半遮蔽的包廂。亞里莎和修治面對面坐在最裡面，我讓其他兩位女生先進去，自己坐在最外邊。亞里莎帶來的大學同學果然漂亮又端莊，連同性的我都會不小心看直了眼睛，何況是我們學校的男生了。她們兩人都穿著柔色系洋裝，一個人是長直髮，另一人是捲髮，臉上仔細地化著低調且自然的裸妝，始終面帶微笑，讓人覺得彷彿天使下凡、奇蹟降臨。

我對面的座位是空著的，看著修治的朋友們神情恍惚地和對面的女孩們說著話，也別有一番樂趣。這兩個男生聊天的內容也好、情緒也好，都很真誠也很輕鬆。我隨意附和著偶爾讓我接話的內容，開心地吃吃喝喝。我們點的是飲料無限暢飲的四千日圓套餐，其中加了酪梨的生菜沙拉和炸雞翅，配上啤酒真是太合味了。當然啦，點啤酒還續杯的女生只有我而已。其他三位女生都只點了一杯粉紅色、橘色的雞尾酒，而且喝不到一半。乾杯的時候，她們塗得勻稱的指甲油，和玻璃杯中的顏色相映襯，真像一幅畫。

因為是周末夜，店裡很熱鬧。有和我們一樣來聯誼的男女，有穿著襯衫的上班族，也有身著浴衣、邊吃飯邊凝視彼此的年輕情侶。還有一群學生模樣的傢伙，可能是社團聚會吧，吵鬧得不得了。他們之後的行程非常好猜：首先走向三条大橋，零零散散地坐在鴨川邊，享受著夜風。接著一定會去唱ＫＴＶ。撐到最後的少數幾個人，凌晨絕對會出現在木屋町的拉麵店裡。

環視一周之後，我將視線拉回我們這桌，同時客觀地判定，以聯誼活動而論，我們應該算成功。

一開始的乾杯之後過了一個多小時，第四個人總算來了。這時我已經開始喝梅酒加冰塊了。融合了和、洋、中式料理的這份套餐，也來到最後一道炒飯，只剩甜點還沒上。

「你太慢了吧！」

修治的聲音聽起來不太高興。其他兩個男生正忙著聊天，只稍微抬頭望了一眼，又繼續口沫橫飛，女生們也只是稍帶困惑地點了頭示意。

「晚安。」

他看起來不怎麼在意大家的反應，在我對面的空位坐了下來。雖然別人的事不好插嘴，但很明顯地，他無意配合大家聯誼的湊數。我也回了一句「晚安」。

我們眼神相對。

我先報了名字，沒有提到姓，因此對方也回答，他叫龍彥。

「我叫小花。」

「你是哪個學院的？」

我問得順理成章。其實我不擅長與初次見面的人交談，因為酒精的關係吧，我的口才也稍微變好了。

「理學院。」

這種Q＆A式的對話，不可思議地竟一點也不突兀。

「那你和修治一樣嘛！」

「嗯，不過我們的科系不同，我念的是數學。」

我當下有些訝異。我不知道學校裡有數學系，不，與其說不知道，應該說從來沒去注意過，因為這和我一點關係也沒有。我唯一可能知道的相關人士，就是基礎數學III的教授，但我一次也沒去上過課，所以連老師長怎樣都不清楚。今天的考試如果順利通過，那麼我接下來的生涯就應該不會再和數學有交集了。

「數學系都做些什麼呢？」

我不經意地問。應該是每天不斷默默地解著數學題、證明數學公式之類的吧！

他對於我菜鳥級的問題似乎不以為意，親切地回答說，我們會把一大張紙攤在桌上。

「再把那一天裡想到的東西，寫在紙上。」

我在腦中想像數學系教室的光景。寬敞的教室中，學生們隨意找位置坐下，在白紙上寫著些什麼。有些人閉上眼睛思考、有些人敲著計算機。雖然不算完全無聲，但大致上很安靜。

「如果想到什麼，想詢問大家的意見，就會用黑板。」

此時有人站起身，在黑板上寫了些什麼，有興趣的人就會聚集過來，開始議論紛紛。

「這也是很有趣的。」

他微笑。和現身的時候不同，這時的他看起來既興奮又開心。他們討論的內容一定很艱深，我鐵定聽不懂。但我卻興起念頭，想看看大家熱中討論的模樣。

「我們一整天都做這樣的事。」

「一整天？」

「嗯。」

「什麼都想不出來的時候怎麼辦呢？」

我小心翼翼地問，他豪爽地回答說當然也有這種情況。他的眼神帶著些許暈眩，看著我說：「那就算啦，這也是沒辦法的事啊！」然後露出靦覥的笑容。

我想起小學時，有個帶著這種笑容的男孩。接著，他像是想結束這個話題似的，大口喝著剛送上的啤酒。

我還想多聊一點，正打算喊他名字的時候，竟脫口而出：

「可以叫你阿龍嗎？」

不知怎地，我這樣問了他。只是因為名字不好念吧，也可能是我內心想和他親近些。可以啊！阿龍一副無所謂的樣子，拿起湯匙往大盤子靠近；臉上又恢復剛才那種讓人摸不透的表情。

我對他，不算一見鍾情。

但我到現在仍不知道，究竟是什麼揪住了我的心。硬要說的話，大概是「預感」吧，不過這好像太抽象了。再怎麼說，對方念的可是數學系。數字是沒有模糊空間的，零就是零，一再怎麼看都是一，所謂曖昧，恐怕是被全力排除在外的。

不過，有一件事是確定的。

七月七日的早上，如果沒有弄翻藍莓，我就會穿著普通的白襯衫牛仔褲去考試，也會果斷地拒絕亞里莎的邀約吧！在這之前，考慮到另外兩位女孩的打扮，亞里莎應該根本不會開口邀我。甚至，我樸素的衣著完全讓我和北校區融為一體，亞里莎壓根不會注意到我的存在。

七月七日的早上，正因為我打翻了藍莓，讓我邂逅了阿龍。

這種小小的契機如果要說是命運，好像太誇張了，但我卻不認為自己想太多。所有發生過的事，都有一連串的因果關係。嚴格說來，造成我早上睡過頭的，是前一晚的深夜電視節目；而讓我衝動買下花色連身裙的，是那場失戀。每件事都其來有自，但真一一追究下去，反而平添生活裡的麻煩。人生已經夠複雜，而我們已經夠忙碌了。

即便如此，我還是認為：一切，都開始於藍莓。

從此之後，每年看到七夕裝飾時，我都會想起藍莓吧！

2 章魚派

我說，我想知道阿龍的聯絡方式，亞里莎皺了一下眉頭。

「妳不覺得那個人有點怪嗎？」

就是這樣才好。但我沒說出口，只是不斷拜託亞里莎。

「我覺得健次和阿亮比較好耶，那兩個人好像也滿在意妳的吧？」

明明就一點跡象也沒有，而且我幾乎沒和他們說話，可能因為另外兩個空谷幽蘭般的女生對我們學校的學生來說，挑戰太大了吧！

「總之我會轉告修治的。」

亞里莎聳了聳肩，打開手機。

「像他那種不知在想什麼的人，我還真沒輒。」

她一點興趣也沒有，不過還是快速地按著按鍵，一下就傳好了簡訊。她銀色的手機上掛了許多吊飾，互相碰擊發出擾人的聲響。

「不過，他是那種會讓妳想要主動的類型喔？」

「也不算啦！」

我本來想用「該出手時就出手囉」敷衍帶過，但她接下來的話卻命重要害。

「妳上次至少也問個手機號碼嘛！」

「我問過了。」

真難啟齒。亞里莎突然睜大了眼睛：

「什麼？難道他不告訴妳嗎？」

「不是。」

其實阿龍說他沒有手機。

「還是放棄比較好吧？」

亞里莎又皺起眉頭。

修治當天就回了簡訊，告訴我一個京都區碼075開頭的電話，是阿龍學生宿舍的電話號碼。不過我卻很煩惱，該找什麼名目打過去呢？實在想不出適合的理由。

總之先隨便聊吧，如果感覺還不錯，接著就問能不能到數學系教室去觀摩。

我忙著擬定對策，反而忘了重要的事。電話響了三聲，接起來的是一位聲音沙啞的老伯，此時我才發現，我根本不知道阿龍姓什麼。

「呃……我找龍彥。」

我畏縮地吐出這句話，結果對方毫不留情地回了一句：沒聽過。

「他姓什麼？」

不知道。我很想這樣回答，卻說不出口。

「對不起，我再打過來！」

我沒做錯事卻道了歉，掛上電話。如果問修治，他一定會立刻告訴我阿龍姓什麼，但我若問得太頻繁，可能會讓他起疑，要是被亞里莎知道了，又少不了一頓嘲笑。我應該先忍耐一陣子，等事情平靜下來再說。

幾天後，我正打算差不多可以傳簡訊問修治時，沒想到竟不必了。這大概就是亞里莎所說的「命運」吧！

我在中央校區的書店裡，巧遇了阿龍。

正好是下課時間，店內很多人。阿龍一開始沒注意到我。遺憾的是，並非因為我不在他的視線之內，正確地說，是他根本沒認出我。

「上次謝謝你。」

我走近他這樣說，但他卻沒有反應。

「聯誼。」

我趕緊補充，他才好像突然想起似的，回了聲招呼，看起來卻像想離開的樣子。我想找個話題來接，眼睛東飄西轉地，看到阿龍手上拿的雜誌。封面上印著好幾個由圓形及三角形構成的奇異圖樣，這個焦點彌補了設計上的不足。

「那是……數學嗎？」

「嗯，裡面有最新的論文。」

我的作戰策略成功了。阿龍的表情一瞬間開朗了起來，我有生以來第一次這麼感謝數學。被他這種天真的笑容吸引，我下定決心繼續試探他。

「你吃晚餐了嗎？」

「還沒，不過有約。」

其實我本來就不抱期待，所以聽到這樣的回答也不沮喪。可能因為我心裡一直想要見他吧，能和他短暫交談已經很滿足了。

「這樣啊，那我先走了。」

我往出口方向踏出腳步，和阿龍側著頭向我開口，幾乎是同一瞬間發生的事。

「妳喜歡章魚燒嗎？」

本來，能和他說話我就非常滿足了，但事情突然意想不到地推進，更令我忍不住雀躍起來。

「喜歡，超喜歡！」

我卯足了勁回答。事實上，也沒那麼喜歡。

「我們現在要開章魚派，妳要來嗎？」

「好啊！」

「章魚派」是什麼？我根本沒理會這最基本的問題，立刻一口氣答應。到了宿舍後，才知道是「章魚燒派對」的簡稱。

出了書店，天色已經微暗，接連不斷的汽車及腳踏車燈沿著東大路南下。我牽著腳踏車，阿龍抱著似乎很重的一整包雜誌，配合我的步調行走。

宿舍位於近衛通，我是第一次進來。學校有兩間男舍，在熊野神社附近的那一間，因為專題課同學的學長住在那兒，因此曾和幾個朋友一起去參觀過。

那間宿舍的外觀雖老舊，但裡面經過維修，共用的廚房及廁所也維持著一定程度的整潔。公共設施上貼著許多寫有「保持清潔」的宣紙。

「因為有個室友有潔癖。」

學長用下巴示意著牆上的紙，苦笑著說。

「我們只要一弄亂，他就會馬上打掃。不過這樣住起來也舒服啦！」

兩坪多的塌塌米房間，感覺很溫暖，住起來的確不差。而且房租便宜得幾乎等於不用錢，離學校又近，採光也不錯。

「我明年畢業後，這個房間就空下來了。你有沒有興趣啊？」

一起去參觀的小剛，被學長這麼一說，很有興趣似的。不過學長又說：

「這裡偶爾會被鎮暴部隊封鎖就是了。」

聽到這句話，小剛的表情僵硬了起來。好像是因為這裡住了政治思想特殊的人吧！自己的住處被鎮暴部隊團團圍住，會是什麼感覺啊？

「沒問題的啦，沒有牽連的人是可以自由進出的。」

學長若無其事地對嚇呆了的我們這麼說，當然，小剛的神情還是一樣僵硬。

從那時起，只要一提到宿舍，我們就會想到鎮暴部隊。之前聯誼時聽說阿龍住在宿舍，我也問：

「鎮暴部隊會來嗎？」

我當時不小心講了這句一點都不適合在聯誼時講的話。

「那是南舍吧，我們這裡沒有啦！」

阿龍用很認真的表情否認了。他說，偶爾會有警察來，但不會有鎮暴部隊。

不過我也沒有勇氣問他為什麼警察會來，總覺得不問比較好，因此就閉嘴了。當時可沒想到，竟然那麼快就有機會能來偵察內幕。

走到宿舍只花了不到五分鐘。四周的圍牆及大門和普通住家沒兩樣，但一踏入裡面，映入眼簾的綠色寬廣空間與其說是庭院，還不如說是一座森林。我抬頭往滿是植物氣味及蟲鳴聲的空中一望，只見蒼鬱茂盛的樹木，像剪影一樣貼在昏暗空中。

從大門到宿舍玄關的地上，鋪著石子路。建築物是和式兩層樓獨棟，拉門在黃色燈泡的照明下清楚可見，好似古老傳說中會出現的住家。狐狸啦、鬼啦，裡面彷彿住著擁有魔力的東西，想用溫暖的燈光將旅人引誘進去——我把這些故事當真而害怕，已是十幾年前的事了，眼前的建築卻讓我恍若重返童年時光，喚起心中的恐懼。我緊靠在阿龍的背後前行。

進入屋內，總算鬆了口氣。樸質簡單的裝潢，像小型日式旅館一般，儘管有些老舊，氣氛卻不致引人亂想。右方深處有個櫃台似的空間，四方形的玻璃後方彷彿有個人影。

我彎下腰脫鞋，卻見玄關前方排了二十雙以上的鞋子。有運動鞋、涼鞋，甚至有夾腳鞋，幾乎每雙都破舊得嚇人，所幸排列整齊，不至於讓人覺得骯髒。阿龍將他的塑膠夾腳鞋放在最前面，我也將自己的鞋子擺在他旁邊。我這雙有蝴蝶結的白色涼鞋，排進這些男生鞋子行列的最尾端，看起來好像跑錯場合似的。我抬起頭，撲鼻而來的是幼時到鄉下親戚家玩聞到的味道，赤腳踩在木板地上，一陣冰涼。

訪客必須在入口登記姓名。櫃台內側的老伯一直瞧著我們，臉上滿是皺紋，好似花了很長的歲月，細心刻劃出來的，眼神則異常銳利。上次接電話的應該就是他吧！他的樣貌的確適合當舍監，這倒勾起了我的遐思，搞不好這間宿舍中藏有什麼了不起的東西呢！不過，「了不起的東西」又是什麼呢？

阿龍拿起櫃台上的鉛筆，打開筆記本，喃喃自語了一聲，然後看著我，像要尋求我的協助。

「小花。」

我回應了他。

「對對，沒錯。」

他在「訪問者」的欄位中，大大地寫上「小花」。本以為數學系的他，筆跡會是又細又彎曲，沒想到卻很強勁。他的字有稜有角，筆觸又深。在「訪問對象」那欄裡，則寫下方方正正的「山根」，知道了他的姓氏，我感到很滿足。這麼一來，之後打電話來也不會支支吾吾了。

老伯有些倦怠地探出頭來，瞥了眼筆記，點了點頭，示意我們可以進去了。他放在筆記本上的手，和他的臉一樣又乾又皺。

樓梯嘎吱嘎吱地響著，我們要前往的房間，就在上樓後的轉角處。每靠近一步，醬料味就更加濃郁。阿龍一打開門，房間裡渾濁的空氣便撲鼻而來。

「龍彥，你太慢了。」

裡頭有人說道。阿龍稍微點了頭，說了聲抱歉，並轉過頭來朝著我。

「這是山根及安藤。」

山根？看來我太貿然斷定阿龍的姓了。站在阿龍背後的我故作鎮定，強裝笑顏，向房間內望了望。

「大家好。」

原本盤腿坐著的兩人愣了一下，接著慌忙地端正起坐姿。兩人前方的和室桌上，放著很大的章魚燒鐵盤。鐵盤上有一個個洞，裡面堆著奶油色的餡料，旁邊的大碗中也裝著同樣顏色的液體。

「妳好！」山根及安藤齊聲說道，同時深深地對我行了個禮。

安藤烤的章魚燒的確好吃。熱呼呼的章魚燒上加上配料後，柴魚片軟趴趴地在醬料上飄動著。我不禁讚嘆，不愧是關西吶！

「東京人總是會這樣說呢！」

安藤吸了吸鼻子說，語氣聽來不帶惡意。他無論是體重還是體積，大概都是我的兩倍吧！嘴巴周圍滿是黑色的鬍子。他迅速地動著手腕，巧妙地翻轉章魚燒，這巧勁和龐大的身軀實在連不起來，甚至可說是帶有藝術感。而且從剛剛開始，他就迅速地將啤酒一罐罐喝光，卻不因此手忙腳亂。

「不是常聽說，關西人平常三餐也會吃章魚燒或大阪燒之類的嗎？」

「怎麼可能有那種事啦！」

在旁附和的山根，和安藤相較體型很小，戴著很大的黑框眼鏡，臉看起來顯得更小。髮型像河童一樣，是平整的妹妹頭，黑得發亮，可以去拍洗髮精廣告了。

「就算我們再怎麼喜歡章魚燒，也是會吃膩的啊！」

山根搖晃著頭髮，在自己的章魚燒上堆上大量紅薑，才遞給下一個人。他和安藤的體型雖然差很多，食量和酒量卻都不輸給安藤。只是安藤的臉早已紅通通，山根卻還白晰、甚至帶點發青，絲毫未變。

「一天至少會吃一次吧？」

「在那之前會先營養不良啦！」

可能因為使了點力，山根手中握著的軟罐滴下了一大沱美乃滋。就算因此營養不均衡，但似乎不會有熱量不足的問題。

他們的對話就像說相聲一般你來我往，我還來不及反應，安藤立刻接話：

「這就是關東人的第二大偏見！妳一定在想，大阪人說話都像在講相聲吧？」

我剛搬來不久的時候，的確受到了小小的文化衝擊。不僅不習慣關西腔的語尾用詞及音調，他們一問一答的節奏也不同。在語調上，雖然很多非關西出身的人總被批評講得一口「假關西腔」，但其實，就算不是關西出身，也很容易感染上這裡的說話調調。不過若真想學會關西人的對話方式及臨場反應，還是得花許多時間訓練才行。

「不要把我們全當成大阪人啊！我不是大阪出身的，是神戶，你是奈良吧，我們當中只有龍彥是大阪出身的呀！」

山根仔細地更正。被提到名字的阿龍，不耐煩似的點了點頭，嘴巴旁邊還沾上著青海苔。

「不過，對小花來說，聽起來應該全都一樣吧？」

事實上是完全不同的啦，安藤不服氣地說。其實這才是偏見呢！我在京都已經住了四年，大概懂得如何區別了。本來打算回話的，但要插進關西人的對話中，我的訓練還遠遠不足。在我等待時機時，山根迅速做出了結論：

「對我們來說，茨城、千葉、琦玉也都和東京一樣啊！」

「對了，那小花是哪裡人？」

「東京。」

我小心翼翼地補充說明：「是在都內。」

「我知道我知道，是東京『都』嘛！」

安藤笑著說。

「妳現在一個人住？」

「嗯。」

「看起來像是住在好地方吧？」

山根點了點頭，理所當然地接話：「因為是女生嘛！」看來他們對於女生的房間、甚至「女生」這種物種的認知並不完全。

「妳是第一次見到這樣髒亂的房間吧？」

「不好意思吶，如果知道小花要來，就會整理得乾淨些了。」

兩坪多的房間，格局和我之前造訪南舍學長的房間類似。雜誌、衣服、毛巾及其他雜物等全堆在牆邊，應該是為了空出中間的結果。雖然很亂，但不會給人不乾淨的印象。

「我才不好意思，突然來拜訪，還讓你們請客。」

「不會不會。」

面對我拘謹的態度，山根和安藤拚命搖著頭。

「歡迎隨時來啦！」

「我們很歡迎妳的啦！」

我的視線轉向阿龍，只見他也對我點著頭。他沒有說半句話，是因為嘴裡塞著章魚燒的緣故吧！

阿龍給人感覺很穩重。他不太插話，只是一個勁兒地吃著章魚燒、喝著啤酒。這樣形容可能有點怪，和兩位朋友相比，他看起來再平凡不過，像是隨處可見的一般大學生。至於留著落腮鬍、挺著啤酒肚的安藤，雖然這樣說有點失禮，但他看起來根本不像二十幾歲的人。山根更獨樹一格，那張娃娃臉，就算說他是中學生，別人也會相信。

但撇開外表論內涵，阿龍可是不會輸的。不，甚至還贏過這兩人。他偶爾開口說句話，內容總是不同凡響。

「今天的章魚燒，用了一整隻章魚的量嗎？」

面對阿龍的問題，安藤很得意。

「沒錯，山根家裡寄來的章魚，我全部切完了，果然味道很不錯吧？和一般的章魚燒不一樣的啦！」

原來青海苔、天婦羅渣之類的其他材料，是特地到錦市場補齊的。「錦」又稱京都的廚房，就連專業廚師也經常光顧。

「專程跑去喔？」

山根吃驚地說。的確，為了買柴魚片，特地到錦市場去，這根本已經超乎「講究」的程度，稱得上「執著」了。

「若不這樣做，對難得的明石章魚[1]太失禮了吧？對你父母也是啊！」

「把他們和章魚並稱才失禮吧？不過算了，你真是身軀大心思細啊！」

「這和體型大小沒關係吧！」

面對山根的毒舌，安藤則用正經的理論來應戰。不過，阿龍絲毫不受這兩人脣槍舌劍影響，慢慢地繼續說，章魚有八隻腳吧？

「我聽說章魚的每隻腳上都有百來個吸盤，這樣的話，一隻章魚就有八百個吸盤囉？也就是，我們現在身體裡都有各兩百個吸盤吧，平均來說。」

「唉唷，不要再講這種令人噁心的話啦！」

山根露出不愉快的表情。

「所以這又怎樣，幾個又有什麼差啦！」

「只是我很在意啊！」

「就說你不用在意啦！」

「你怎麼什麼事都一定要數清楚啊？」

安藤也加入了。本來以為他要附和山根，結果他接著說：
「搞不好不到兩百吧？如果是普通八爪魚，也許有那麼多，但是這隻特別小喔！」
這回輪到安藤講課了。章魚不僅尺寸不同，表面呈焦茶色、顏色越深越新鮮的又稱「麥草章魚」，出現在初夏，是一年中最好吃的。
「這種細節不重要啦！」
山根一副無所謂的樣子，只顧著搖頭。
「重要的是到底好不好吃吧！」
「我只是突然想到而已。」
阿龍稍作辯解後，又吃起剩下的章魚燒，吞下不知為數多少的吸盤。
我偷偷想像著自己的肚子裡，有兩百個又圓又小的吸盤，阿龍的肚子裡也有兩百個。一點都不噁心嘛，甚至覺得好笑，看來我病得不輕。
安藤把剩下的章魚燒分到大家的盤子中，接著大概是啤酒喝膩了，他拿出日本酒，另一隻手則握著酒杯。杯子在他粗糙的手掌中顯得很小，但一放在和室桌上，就可看出是壽司店用的厚重酒杯。

1 兵庫縣明石市盛產章魚，肉質肥美，頗富盛名。

「不過啊，這還是第一次有女孩子到這個房間來呢！」

安藤用另一隻手將透明液體不斷注入酒杯，一邊對著阿龍說。

「怎麼回事啊？」

「我在書局遇到她的。」

阿龍頭也不抬，淡淡地說道。很明顯地，這不是安藤期待的答案。阿龍也不理會對方失望的反應，伸手去拿那瓶酒。

「我也要日本酒。」

「才不要給你呢，你喝水啦，反正看起來一樣。」

「你幹嘛耍賴，而且這是我們合買的吧？」

「沒想到龍彥很受歡迎喔！」

山根嘆了口氣。

「啊，沒有別的意思啦！」山根特意對著我說。

山根所謂「別的意思」究竟是指什麼呢？雖然我很在意，但問了似乎會造成困擾，還是先忍住。

「好了啦，我們來吃點心吧！」

阿龍看來是放棄了日本酒，起身走向冰箱。我本想拒絕，因為已經太飽，什麼都吃不下了。仔細一想，今天吃下的章魚燒還真不是普通的多，大概是我一年以上的份量吧，毫不誇張。

不過，看到走回來的阿龍手上拿著的東西，我立刻改變了主意。那是個印有甜甜圈店標誌的馬克杯，裡面裝滿堆成小山狀的紫色果實。

「你還真是喜歡藍莓啊！」

阿龍邊點頭，邊把章魚燒機器推開，將杯子放下。

「分我一些吧！」

「才不給你。小花和山根，喜歡就儘管吃吧！」

阿龍捏起最上面的一顆，突然轉向我，一手伸向和室桌對面的面紙盒，放到我身旁。

「這很容易沾到顏色，小心點。」

半冰凍的藍莓，讓我的指尖也凍了起來。一含到口中，原本滿是章魚燒味道的舌頭上，瞬間佈滿了藍莓香。

我邊吃邊問：

「對了，你姓什麼？」

「姓嗎？佐藤。」

阿龍歪著頭反問：

「怎麼了嗎？」

「上次本來想打電話的。」

我在六隻眼睛的注目之下，辯解般地回答。山根點著頭。

「如果要打電話，那直接講龍彥比較快。因為我們宿舍裡有兩個人姓佐藤，大家都直稱名字。」

「而且另一位佐藤的名字是TAKAHIRO，和龍彥（TATSUHIKO）常被搞混。」

「我偶爾會被搞錯，被叫去聽不認識的人打來的電話。不過已經第四年了，櫃台的老伯看來也習慣了。」

「那位老伯看起來好像很可怕，其實很照顧人的唷！」

想到和這位受好評的「櫃台老伯」交手的經過，我不禁咬了咬嘴唇。

「之後妳只要說找龍彥就好了。」

我說了，當時的確說了。老伯那不親切的態度，像是怕他可愛的宿舍學生們被壞蟲附身一樣，這也算得上是一種親情吧！

「不過你幹嘛不隨便買隻手機用？」

安藤說。山根附和沒手機多麻煩，我也點了頭。

「有差嗎？」

阿龍一面將藍莓放進口中，一面回答。

「你笨蛋啊，不是指你啦，是我們覺得很麻煩。」

山根看起來有些生氣，將杯中剩的藍莓搶了過去。啊，阿龍哀叫了一聲。

此時已過九點，他們三人說要再去買酒，我便一起離開了宿舍。夜晚空氣涼爽，滿月掛在藏青色的空中。今天我似乎和圓形的東西很有緣。

「謝謝。」

「再來玩喔！」

安藤及山根向我揮著手，一旁的阿龍也舉起了右手，目送我離開。

3 三角洲

「煙火……」電話的那端好像有誰在說著。

八月即將結束的某天早晨，電話響了起來。喂？我在睡夢中接起，結果對方沒打招呼就突然冒出了這句。

「今天晚上有空嗎？」

接著是一陣沉默。煙火？今天晚上？我的腦袋這下才開始動了起來。

「請問是哪位？」

「啊！我是山根啦。」山根說。

我將他的手機號碼輸入手機，接著換修治打電話來。

「不好意思啊，我不該擅自告訴他電話號碼的，但他實在太囉嗦了。他說有緊急的事找妳。」

「沒關係沒關係，我本來就還想和他們見面的，所以剛好。」

「妳如果這樣告訴山根，他會高興得痛哭流涕吧？不要讓他太得意啊，他會得寸進尺的。」

修治非常認真地叮嚀我。他和山根好像高中就認識了，上次聯誼原本也想找山根參加，但因為亞里莎再三強調「一定要帶正常一點的人來」，所以才沒找他。

「正常啊……」

我想起亞里莎的那些朋友們，不禁苦笑起來。

「若說個性，其實我覺得比起龍彥，他們還比較正常啦！不過總之，他們人都很好，你們好好做朋友吧！」

關於人好這件事，我在章魚燒派對上已經確認過了。我告訴修治，我們用非常講究的食材做章魚燒，修治哈哈大笑。

「下次也找我一起啊！」

下次啊……接到山根的電話之前，我根本不知道「下次」是什麼時候。雖然他們對我說的「隨時歡迎」不是客套話，但其實我們沒有彼此的聯絡方式。連阿龍我都無法隨時聯絡。如果是高中時的我，一定無法忍受這狀態，認識都快兩個月了，卻什麼進展也沒有。之前的我一定會訂定許多計畫，找機會接近他。

但是這回不同。意外地，我非常冷靜。我當然想與阿龍見面，雖然非常想見到他，但另一方面卻莫名其妙地有股自信，認為不必緊張，總覺得過不久一定能再見到面。

這種沒來由的直覺，果然成真。

「他邀我去放煙火。」我開心地說。

「難道……」修治的聲音聽起來有點失落：「那傢伙說緊急的事，就是這個？」

「嗯，因為是今天晚上。」

我急忙地做了稱不上是回應的回應，只聽到電話那頭傳來嘆息聲。

「他也約我，可惜我今天正好不行，要準備參加學會。」

修治仍然過著以大腸桿菌為中心的日子。將生活奉獻給研究的修治，在大學裡很有學者風範。他個子高，瘦得不得了，讓人聯想到竹子、電線桿這類又細又長的東西。他一頭自然鬈髮，加上厚重的眼鏡，就算要奉承，一般也不會說他「帥」。他和長相及身材都如模特兒般的亞里莎從高中時期開始交往，我第一次聽到時嚇了一跳。

不過，厚重鏡片底下的修治，眼神非常溫柔，而且連人類以外的對象也一樣溫柔對待。我想，受他照顧的大腸桿菌一定很幸運吧！修治充滿慈愛、喃喃地說著：「我才稍沒留神，怎麼馬上就衰弱了呢？」時，表情真像照顧孩子的父親。

有次，我和修治及亞里莎三人一同吃飯時，研究室打電話來，修治神色大變，立刻趕了回去。修治總是很溫柔地笑著，那麼嚴肅的表情，我還是第一次看到。我後來才得知，說是培養裝置出了問題，「他們」──就是修治掛在嘴邊的大腸桿菌，好像全部滅亡了。現在講起來好像笑話，但當時狀況可是很不得了。修治去了研究室就沒回來吃飯，也沒接電話、不回簡訊，亞里莎擔心地跑到研究室去找他。

我在理學部校舍前等亞里莎。不到三十分鐘，見到亞里莎神色黯然地走出來，問她：「修治不在嗎？」

「他在。」

亞里莎面無表情地回答，接著又改口：

「啊，搞不好其實不在。」

「什麼啊？」

我不禁反問，結果她小小聲地回答：「他魂都飛了……修治最愛的果然還是大腸桿菌吧！」

亞里莎擦著眼淚，說她最討厭大腸桿菌了。纖細的肩膀顫抖著。

「他們只不過是細菌耶，那麼拚命，真是笨蛋！」

我無話可說。當情敵出現、而且對方還不是人時，究竟是更有勝算還是更沒勝算呢？不過我再遇到亞里莎時，只見她依偎在修治身邊，問題似乎解決了。

「亞里莎最近如何？」

「嗯，她去美國了。」

「美國！好好喔，什麼時候回來？」

「不知道耶，她說會在那裡待久一點，暫時不會回來吧！」

明明感情很好，卻連對方的計畫都不是很清楚；還是正因為感情好，不用掌握也沒關係？雖然不關我的事，但還是覺得有點不可思議。

「幫我問候亞里莎吧！有什麼事我會再和你聯絡的。」

掛上電話後，我開心地打開衣櫥。今天穿什麼好呢？朝陽透過窗簾灑了進來，我有預感今天會很熱。

傍晚六點左右，我到宿舍門口，他們三人已經站在門外等我了。三人都提著裝得鼓鼓的白色塑膠袋。阿龍和山根兩手各提一個，安藤則兩手各提了兩個，還背著一個保冷箱。

「如果要騎腳踏車，東西也未免太多了。」

「沒那麼遠，走路去吧！」

我把腳踏車停在宿舍大門旁，和他們三人一同走著。我說要幫忙拿東西，他們卻不理我。目的地是被稱作「Delta」的三角洲，就在賀茂大橋下。包括我們學校在內，這一帶的大學生們常在這裡喝酒作樂或烤肉，而且總是有人喜歡在喝醉之後跳進鴨川。

「我本來以為要在宿舍的庭院玩。」

話剛說出口，山根臉色一變，說：「宿舍禁玩煙火。」原來他們玩過一次，結果被管理員老伯氣勢洶洶地訓了一頓。

「啊，上次可真慘，差一點就要被趕出宿舍了。」

安藤邊回想邊說著，只有阿龍歪著頭，說：

「有這種事嗎？」

「有啦，前年的這個時候吧！」

山根一說完，突然皺起了眉。

「對了，不知道為什麼只有你不在。」

「你還真奸詐呀！」安藤抱怨著。

奸詐，這個形容聽起來真不適合阿龍，不過我沒插話。對阿龍的事，我了解的當然沒有安藤他們多。

此時阿龍默不作聲，走了幾步，才回答說，我才不會呢！

「奸詐」——他自言自語般地說著，聲音小得連走在前面的兩個人都沒聽到。我不知該說什麼，只好繼續沉默地向前走。

傍晚微溫的風，從並排走著的我們之間吹拂而過。今出川通還很明亮，拉麵店傳來油脂濃厚的香氣，纏繞在我們鼻息間。

明明只走了十五分鐘，到達三角洲時，每個人都滿身大汗。他們三人把袋中物品拿出來放在地上，安藤興奮地打開保冷箱，拿出四罐啤酒。

「先乾杯吧！」

我伸手接過滴著水的罐子，山根突然說：

「咦？果汁氣泡酒呢？」

「糟啦，我忘了。」

「真是沒用，去趟便利商店吧！」

阿龍詫異地面向慌慌張張的兩人。

「要喝果汁氣泡酒嗎？」

山根說，是要給小花喝的。

「女孩子一定要喝果汁氣泡酒吧！」

「上次小花也沒喝多少啤酒啊！」

很感謝他們顧慮我，但其實上次我有點緊張，喝得反而比平常多。我本來想答「沒這回事」，但回想起安藤他們上次喝酒的模樣，相形之下，我喝的量少多了，難怪會被當成不習慣喝啤酒。

「我喝啤酒就好。」

對「女孩子」來說，也許果汁氣泡酒比較受歡迎，但對我來說，比起甜甜的氣泡酒，我更喜歡啤酒。山根他們先是呆了一下，互看一眼，然後笑了起來。阿龍喃喃地說，原來能喝嘛！

天空由偏白的水藍色漸漸轉為淡粉紅色，沒多久又回到藍色再轉為藏青色，保冷箱中的啤酒也一罐罐減少著。塑膠袋裡面一半裝的是煙火，一半是食物，一樣樣被拿了出來。零嘴、魷魚乾、毛豆、起司夾心的蘇打餅乾。巧克力和餅乾看來似乎沒人想動，搞不好這也是特意為女孩子準備的。

一開始，我一邊觀察狀況，一邊調整自己的速度，後來大概有了幾分微醺，漸漸鬆懈了下來，像平常一樣吃著喝著。

「小花的確挺會喝的嘛！」

我被山根這麼說。

「而且吃得也不少嘛！」

阿龍附和著。本來正想把手伸向保冷箱的我，聽到這話，立刻又收了回來。

「莫非……」

安藤很快地又開一罐啤酒，開心地說：

「莫非小花和我們是同一國的？」

「你喔，怎麼可能啦，太失禮了，快點道歉！」

「明明是你說她滿會喝的，你才沒禮貌哩！一得意起來就沒分寸了。」

看來一開始心中多有顧慮的，不只我而已。我沉浸在「同一國的」這句話裡，一面奮力拉開拉環。

天色暗了下來，山根把煙火發給大家。每個人手中拿到一個大塑膠袋，裡面的煙火據說是特地去大阪的批發街買回來的。

我們首先點燃最大的煙火。其實火是山根點的，我們其他三人只是把自己袋子裡的煙火遞給他而已。「碰！」的一聲，七彩顏色與嘹亮聲響一同貫穿天際，照亮附近一帶。對岸響起了歡呼聲及拍手聲，大概跟我們一樣是大學生團體吧！山根走了回來，一面比著勝利手勢。

「這是我的強項啊！」

工業化學系的山根，研究題目正是炸藥。他強調，他不是為了製作彈藥或武器，而是要用在和平之途。

「我想做出對人類有意義的東西。」

「的確，煙火對人類有意義呢！」

「沒錯吧！」

山根就像被母親誇獎的孩子般，笑了起來。安藤插嘴說：我也是啊！

「安藤的專攻是什麼？」

「遺傳基因。像生物製劑、基因改造等。」

「這傢伙雖然體積很大，但研究的對象卻超微小呢！」

「這和體積無關啦，我說過多少次了。」

「那你找工作也想往這方面嗎？」

「是啊，雖然是研究所畢業之後的事，但應該就是製藥方面吧！我也很努力想研究對人類有益的事物呢！」

「大家都好了不起喔！」

聽了大家的話，我回過頭來想自己的狀況，嘆了口氣。想要幫助世界，還能侃侃而談自己的想法，讓我不禁羨慕。

「那小花呢？記得妳是文學系的吧！」

「嗯，不過我找了商社的工作，和文學完全無關。」

「那妳明年就出社會了呢，和我們比起來，妳才更了不起。」

了不起的社會人士啊！我在心中反覆念著這句話，看起來好似很無意義，但我卻因此感到驚訝。

我很努力地找工作。把頭髮染黑，將給人好印象的套裝及微笑作為武器，得到好幾間公司的雇用通知。當最嚮往的公司捎來錄取通知時，我興奮不已。我用力地將手機壓在耳朵上，壓得耳朵都痛了，不斷和見不到人影的電話那頭鞠躬道謝。這一切至今才不到半年，當時的滿足感及成就感，究竟消失到哪去了呢？

「沒什麼了不起的，真的。」

我的語氣突然變得很堅定，他們三人吃驚地望向我。我慌忙在袋子中尋找，再將找到的仙女棒遞給山根。

我們有好多仙女棒，點也點不完，似乎連山根都玩膩了，一口氣點了十根開始揮舞。阿龍和安藤也學他，周圍明亮了起來，亮度一點也不輸射往天空的煙火。

我坐在三角洲的地上，怔怔地沐浴在煙火之中。阿龍拿著點燃的仙女棒，走到我身旁蹲了下來。

「真漂亮呀！」

「就是啊！」

藍色、粉紅色、橙色的光芒忽明忽暗，照在阿龍的側臉上。

「真希望能永遠停留在這一刻。」

我忍不住脫口而出。如果能永遠停留在此刻，該有多好。

「明年再來吧！」

「嗯。」

回答是回答了，但明年還很遠。一年後的此刻我會在哪裡、做著什麼事，實在無法預測。阿龍他們一定還會在同個地方，同樣地點燃著煙火吧！

我會對嶄新的開始不感興趣，倒是很稀奇的事。也許是我太習慣這裡的街道及學生生活，或是我總有個壞習慣，想要的東西到手之後，便會突然失去興趣。這態度可能會被批評為不懂珍惜，畢竟許多學生還在為接下來的方向迷惘而煩惱不已。但「我的未來已經決定好了」這句話實在太沉重，我說不出口。

我側著頭，眺望河川上游。以三角洲為界，河川分成兩條，一條賀茂川、一條高野川，但我不清楚兩條河川的上游分別有些什麼。

當夜幕低垂，突然有個彗星般泛著黃光的東西，劃入我的眼際。

「你們怎麼那麼慵懶啊！」

山根一面揮舞著仙女棒，一面喊。他手中滿溢著的光芒轉為藍色，接著又變成綠色。

「糟糕，越玩越過癮啦！」

我們本以為他玩膩了，原來是搞錯了。山根又點了許多仙女棒，四處奔跑，像極吃了木天蓼而瘋狂的小貓。安藤也靠了過來，從背面瞧了一眼，聳肩說道：

「炸藥中毒啦！」

「中毒！」

他說得太貼切了，我不禁喊了出聲。

「喂喂，我有聽到喔！」

聽覺敏銳的山根把仙女棒對著我們，裝作要開槍的姿態，但隨即又轉過身去。我們望著山根跳舞般跑遠的身影，阿龍站起身，說：「差不多該收拾了。」我也站起身來，拍了拍牛仔褲背面。

我們差不多快收完的時候，山根又拿出幾根較小的沖天煙火。

「當做總結吧！」

他說這種小尺寸的，用手拿著也沒關係，因此我也拿了一根，請他幫我點火。強勁的火花由粗筒前端奮力地流洩出來，被黑色的地面吞噬而盡。這種力道果然是仙女棒無法相比的。
煙火剩下兩根時，山根小聲地說：
「對岸的下游那邊有一對情侶呢！」
「來吧！」安藤挺起了身。
「既然還剩兩根，那就猜拳囉，誰叫你一直玩，都沒剩了。」
「不要啦，你們這些傢伙！不要帶壞人家。」
面對阿龍的責備，山根反駁說：
「你看，小花的眼神看起來很想試試喔！」
山根的語氣裡帶著不滿，我慌忙低下頭。
「那算了，我們兩個去吧！」
他們拿著煙火，走到三角洲邊，不一會兒，就見到一條拱形的光束跨越河川上方。
「搞什麼啊！很危險耶！」
怒罵的聲音在黑暗中響起。
「快逃！」
阿龍抓著我的手，背後傳來山根和安藤的笑聲及腳步聲，大家都跑了起來。

隔天下午，我去打工。

騎腳踏車到三条附近，大約要花上十來分鐘。天氣好的時候，這條路騎起來不算什麼，但現在這種暑熱下還真痛苦。不過，沿著鴨川旁騎腳踏車飛奔時，全身迎向熱風，很有夏日氣息，也稱不上不好。

到了店門前，透過玻璃窗見到幾個人影。收銀機前的店長察覺到我來了，向我揮手，露出得救了的表情。

我在這間面向御幸町通的二手衣店打工，已經兩年多了。在此之前，我做打過好多種兼差，有麵包店、居酒屋、家教等，不過每種都做沒多久就辭掉了。只有這裡我待得住，因為這裡賣的衣服我很喜歡，地點又方便；最重要的是，我和這裡的店長陽子，個性很合得來。

關於陽子，怎麼說呢，總覺得她很酷。時尚之外，很多面向的知識她都懂，卻不因而驕傲。她還很會察言觀色，可能因為做生意，常常觀察他人吧！她擅於引導對方說出心中的話，總能和人相談甚歡。陽子擁有我想要的各種才能，不過，我若告訴她想像她一樣，一定會被討厭，所以我一直沒說出口。

第一次來到這家店時，是顧客的身份。

那是大一放暑假前，大約和今天一樣熱吧，下午突然停課了。我們學校的教授和學生都很包容，突然停課也是常有的事。我因而有了空閒時間，想到四条通附近走走。

正逢祇園祭[1]，新京極商店街上滿是觀光客，非常熱鬧。穿梭在人潮中很辛苦，因此我走進一條安靜的小岔路。這時的我，剛進大學沒多久，連路名「御幸町通」的念法[2]都不知道，但第一眼就喜歡上這條街道。這裡的建築物看起來帶些古味，有許多店家招牌，行人極少，個個都悠閒地走著。一切都被初夏的陽光擁在懷中，看起來非常溫柔。

現在的我，只要有台腳踏車哪兒都能去，但剛搬來的時候，完全搞不清楚京都的道路方向。我後來總是拿著地圖在街道中穿梭探險，現在回想起來，也許這個習慣是從那天下午開始的吧！

我仍記得很清楚。

櫥窗中，掛著一件大紅色洋裝，我像是被吸引住，靠近門邊，轉動門把。「叮噹！」門鈴低調地響了一聲，店內的收銀台內有人抬起頭來。「歡迎光臨！」陽子微笑著，她的表情、她和大紅洋裝同樣鮮豔的口紅，就像是昨天發生的事一樣，依舊鮮明地刻劃在我腦海中。

夏季折扣到這星期已經結束了，因此不怎麼忙碌。今天也沒什麼客人，店裡只剩我們兩人，陽子立刻開口問我：

「煙火如何？」

昨天我打電話來請假，陽子說得看理由決定，因此我就坦承了。

「很開心啊！不好意思，臨時請了假。」

「沒關係，沒關係。」

陽子揮著手。她今天穿的是白色無袖上衣，配上黑色麻質長裙。苗條的身形及俐落短髮，讓整個人看起來更修長。

「何況我每次都臨時找妳來代班。」

這家店面不算大，但只剩兩個人的時候，感覺頗為寬敞。淺粉紅色的牆壁、深褐色的木地板，淺咖啡色的木質衣櫃裡排列著色彩鮮豔的夏季服飾。我很喜歡的人形模特兒今天穿著一件連身洋裝，乍看可能不會發現，其實模特兒身上佈滿了花樣。

京都的二手衣店，大致分為幾種。有美式休閒風的日常穿搭；有色彩鮮豔，六、七〇年代流行風格的日本產服飾；還有價格驚人的古董衣飾。我們店裡販賣的，大約一半是歐洲商品、一半是日本商品，幾乎都是女性服飾。主要是尺寸較小、設計可愛，但又不會太過甜美的衣服，特色恰到好處，受到許多顧客喜愛。最近也總算開始販賣男性服飾，但還沒有經常光顧的男客。

1 京都三大祭典之一，整個祭典長達一個月，以京都「四条」通為中心舉行。
2 讀音為gokomachi doori。

「妳下次帶那些朋友來店裡嘛，我也想聽聽男生的意見」

竟然想問那些男生對於時尚的意見？

「我想應該很難。」

我不假思索地回答。時尚這塊領域，完全不在他們的守備範圍之內吧！

「與其說很難，應該說他們完全沒辦法吧！」

「這樣啊！」

陽子聳了聳肩，看來很無奈。

「上次進貨時，也有幾件覺得很不錯的，但跟女性服飾相比，還真是不容易掌握。」

陽子每年會出國四、五趟，到各個國家去採購，每次回來總是很開心。最近她剛從巴黎回來，買了幾件秋季衣服及古董飾品，都陳列在店裡了。

「每次看到這些可愛的衣服，我就覺得自己也變年輕了。」

「妳本來就很年輕呀！」

我這話半是恭維，半是真心。

「妳這口氣，還真像店員啊！」

「還不都是陽子教的。」

「我可沒教妳拍馬屁喔！」

最早我問她能不能聘我當店員時，她拒絕了我。我一再爭取，保證絕對會努力工作，薪水不高也沒關係。陽子皺起眉頭，看來很困擾。

「我覺得妳的品味和我們店很合，而且應該是認真工作的型，頭腦好像也不錯……不過，如果和我們店裡格調不合的客人進來了，妳應該會明顯地表現出不高興吧？」

我從未意識到這點，但仔細想想的確如此。這樣說雖然不太好，但我對於自己特別喜歡的東西被不適合的人買去，總會覺得不愉快。

「雖然說這也是人之常情，很多人多少都會。」

陽子又繼續說：

「但我不會喔！」

陽子認為，衣服合適與否，並不是由別人決定的。當然尺寸、設計方面得要尋求建議，別人也不會推薦明顯不合適的衣服。但最終還是要自己喜歡，穿著自己喜歡的衣服，才叫合適。

「所謂時尚，說到底還是用來滿足自己的吧？如果有人對妳說：『妳不適合花色連身洋裝，每天都穿T恤和牛仔褲吧！』那妳會怎麼想？」

我很認真地思考，如果是我，會是什麼樣的心情。一星期後，我又去見了陽子。

我很誠實地告訴她，我非常喜歡這裡的衣服，只要穿上，就會覺得很幸福。也許，我沒辦法將「想要擁有這裡所有的衣服」的念頭完全除去，不，絕對辦不到，不過我說：

「我希望能讓更多人體會到，和我同樣的幸福感。」

真是大言不慚，但當時的我卻毫不猶豫。陽子將雙手交叉在胸前，聽完之後吐了一口氣，說：

「時薪很低喔！喜歡我們店裡衣服的人，就是朋友。」

陽子對我微笑著說，那就一起來變得更時髦吧！我很用力地點了頭。

「歡迎光臨！」

聽到陽子的聲音，我回過神來。有兩個女孩，很認真地看著櫥窗，一面討論著，一面走進店裡。

從店內往玻璃窗看去，字是左右相反的，鑲在門上的這片玻璃上，寫著羅馬字母「soleil」[3]，下面畫著一個符合字義的太陽標誌。陽子第一次告訴我她的名字時，我心想：「原來如此。」陽子接著說，店名是老闆取的，她只是被雇來當店長，我嚇了一跳。因為陽子在我心中完全符合太陽的形象，我從沒想過老闆另有其人。

「請問可以試穿那件嗎？」

客人指著櫥窗，臉頰泛著紅光。說不定她和以前的我一樣，對店裡的衣服喜歡到想把整家店買下來。

下學期第一堂專題課，我還無法將放假的心情調回來，整堂課就在發呆中結束了。正準備收拾東西回家時，後面傳來了聲音：

「好久不見，今天晚上有沒有空呀？」

小剛走到我前面的座位，面對著椅背跨坐，兩手交叉抱著椅背，問我要不要去三条的俱樂部跳舞。

「不好意思，今天不太行。」

今天我和他們約好了，要在宿舍賞月。山根說，只要不用火，隨意使用宿舍庭院也不會被罵。不過老實講，與其說是賞月，不如說是想在戶外喝酒。就像歡迎會、賞花之類的名義，大學生總是喜歡找各種理由喝酒。

「妳最近怎麼不太理人啊？」

「有嗎？沒有這種事啦，只是因為之前放假，很久沒見面了而已。」

我雖然嘴上這樣回答，心中也隱約覺得，最近和系上的同學漸漸疏遠了些。

3 法文「太陽」之意。

「難道是……為了男人？」

小剛套話似的直盯著我，他的直覺還真敏銳。的確是有男人啦，但狀況和小剛想的不太一樣。而且不是只有一個人，是一次來三個，我心中想著，這究竟要如何回答才好。

「果然是男人喔！」

小剛擅自做出結論，嘖了一聲，用手托著下巴，露出不滿的表情。女人就是這樣不可靠啊，見色忘友，他說。

「算了算了，祝妳幸福啊！」

剛站起身，又像是突然想起了什麼事，彎下身來對我說：

「說到這個，上次我聽說妳和看起來很糟的人混在一起？」

「什麼啊？」

「有人目擊到啦！」

小剛說了個班上同學的名字，然後又接著說下去。

「因為太不可思議了，我當時還爆笑不止。視時髦為命的小花，到底是發生什麼事啦？」

「不要用這種口氣啦！」

我的語氣比想像中嚴肅。小剛眨了幾下眼睛，突然靈光一閃。

「該不會……妳的對象就在那群人之中？」
「不要說了啦！」
我又重複了一次，不過這次我的聲音比想像中微弱。
「妳這次又纏上什麼奇怪的東西了嗎？」
什麼「又」、「纏上」之類的，小剛一直說個不停。不過我完全沒有和他爭辯的勁，默默地站了起來。走出校舍，上午還放晴的天空，被厚厚的烏雲蓋住了。
到了傍晚，嘩啦啦地下起了雨。我雖然覺得這天候賞不了月，但六點過後還是來到宿舍。
山根到玄關來迎接我，但他神情有異，看著外面。
「不好意思讓妳跑來，我們下次再約吧，而且龍彥也不知道幾點才會回來。」
「阿龍怎麼了嗎？」
我不經意地問，結果他的回答出乎我意料之外。
「他去醫院了。」
「咦？醫院？」
他哪裡不舒服嗎？我慌張地反問，山根被我的氣勢嚇了一跳。
「好像是親戚住院了吧，應該是他的祖父。」

原來他定期會回大阪老家的醫院探病。山根側著頭，露出不解的表情，推了推眼鏡說，原來妳不知道這件事呀！

「我以為小花一定聽說過。」

「怎麼可能會知道呢？」

的確，我覺得我和阿龍的感情變好了。自從章魚燒派對之後，我到他們宿舍玩過好幾次，也會在學校碰面聊天、吃飯。但若問我和他聊過什麼私事，我就不太確定了。

「不過，我總覺得對龍彥來說，妳是不同的，應該說是特別的存在吧！」

也許山根是希望我打起精神來吧，他一本正經地說出這番話，反倒讓我覺得不好意思。

「而且那傢伙，之前從來沒帶過女生到宿舍來喔！」

不過他又補充，說他和安藤也是一樣。對此我當然沒有多作聲。

和山根道別後，我騎上腳踏車往西邊去。此時下著細雨，還不到需要撐傘的程度，我索性讓雨點灑在身上。經過出町柳車站，也許正好有電車抵達，人們陸陸續續地走出來。我小心控著車，以免撞上行人，就這樣通過了車站前。

此時有個熟悉的人影進入我的視線，我拉了煞車。

我沒看錯。阿龍從地下道的階梯走了上來，往反方向去。我正要開口叫他時，突然有個女人的聲音搶先了一步：

「龍彥！」

阿龍停下腳步，緩緩地將頭轉向對面人行道。車站的日光燈朦朧地打在他的側臉，我見到他露出驚訝的表情。

他的視線所及之處，有個高眺女子倚在電線桿旁。但因為燈光照得不夠遠，她的長髮又擋住了臉，因此我看不清女子的長相。女子不顧路上有車，碎步橫跨馬路，拉起了阿龍的手。

他們交談了一兩句話後，兩人背向我而去。他們的背影就這樣消失在黑暗的道路中，女性的手一直放在阿龍的背上。

我兩隻手緊握著腳踏車握把，愣在原地。就連拿著ＤＶＤ出租店盒子的上班族撞到我的肩，斥責了我一聲；就連雨點越下越大，我都毫無反應。

遠處響起了雷聲。我打了個顫，將黏在前額的瀏海撥去。正當我將手放回握把，準備踩動腳踏車時，口袋裡的手機響了。

「今天不好意思啊！」

原來是小剛。

「妳現在能夠過來嗎？」

他那邊好像有很多人。他好像還說了些什麼，但由於音樂及人聲嘈雜，我聽不太清楚。

「什麼？我聽不太到啊！」

我問了這句，接著小剛用喊的回答：

「小花不在，總覺得很無聊啊！」

「我五分鐘後到。」

我一面回答，一面將腳踏車頭調了個方向。

4 約會

我腦中的確知道，這是不應該問的。就算真的想問，也該問本人，但我還是把修治找了出來。

「不好意思，你那麼忙還特地過來。」

「沒關係啦，再忙也要吃飯。」

店員帶我們到窗邊的沙發座，我們分別在小桌的兩邊坐下。修治環顧了店內四周，似乎覺得很新鮮。

「真像小花會來的店啊！」

我說要請客，把修治從研究室約了出來，然後一起到南校區附近、東一条路上的咖啡廳。學校附近我最喜歡這家店，也和亞里莎一同來過好幾次。店裡供應的餐，是用有機蔬菜及五穀烹調而成，很受歡迎，但深得我心的原因，是店內的氣氛。這裡種了非常多觀葉植物，多得讓人恍若置身叢林。陰天的柔和陽光，透過玻璃窗灑落，巴薩諾瓦輕柔的音色融化在這氛圍中，不注意聽幾乎聽不見。

我們分別點了午間套餐的蔬菜咖哩飯及三明治後，修治看著我。

「到底是什麼事？」

我鼓起勇氣，告訴他是關於龍彥。

「如果你知道他從前的事，可不可以告訴我？」

「龍彥從前的事嗎？」

修治眨了一下眼睛，直接反問：

「妳指的是和女性的交友關係嗎？」

修治不愧是理科的，率直又客觀。捨去拐彎抹角，冷靜地追究事實。

「發生什麼事了嗎？」

他再次反問我，我卻回答不出來。對我來說，這是件大事，但真要說發生了什麼，好像也稱不上。如果有什麼關鍵性的事實，可能還比較容易吧！

「我上次碰到山根，他跟我說還滿順利的。」

修治抓了抓脖子，接著說：

「不過關於戀愛的事，那傢伙的話可能不太準吧！」

最後，我只告訴他看到阿龍和一個女生在一起的事，還說這件事讓我非常在意。至於阿龍沒有將那個女生的手挪開、以及那個女生在車站前等他的部份，我省略了沒講。怎麼想都覺得那個女生不是事先和他約好，也不是偶然碰上。當時的場景，即使已經反覆回想了十幾次，還是時不時在我眼前出現。

「我和他也是上大學後才熟的，所以不太清楚之前的事。」

修治先聲明，然後說也曾看過阿龍跟女生走在一起。

「我猜不是我們學校的人，總覺得氣質不太一樣。」

「像亞里莎他們學校的學生嗎？」

「也不太一樣，怎麼說呢，看起來不太像學生？」

我再次回想那個女生的身影。當時天色已暗，加上不是從正面看到，的確無法判斷；我連長相都不知道。

「不過他現在應該沒有和任何人交往啦，上次聯誼的時候，他不也說得很清楚嗎？沒有女朋友。」

「那麼至少，七月的時候他確實是單身囉！」

「他不像是會對這種事說謊的人。」

「也對。」
我點了點頭，的確就如修治所說。
「而且，從上次之後，他不是和妳越來越好嗎？」
這次我點不了頭。的確我和他越來越親近，他最近也沒有什麼異樣。「不過……」才剛開口，又說不下去了。最近我常有這種碰壁的感覺。
關於阿龍的事情，我幾乎一無所知。
「他應該只是剛好遇到認識的人吧？」
就算修治安慰我，我也開心不起來。剛好？認識的人？我並不覺得這兩個說法恰當。
「不用擔心啦，他沒那麼厲害的。」
店員的一聲「久等了」，打斷我們的談話。桌上擺著修治點的咖哩，香料的香味飄了過來。三明治如同往常，餡料多得誇張。
我拿起切成小份的三明治，適才的對話也因而中止。
「開動了！」
修治吃了一口咖哩，直稱美味。用餐時與阿龍有關的話題始終沒再出現。
喝完餐後的花草茶，修治客氣地發表了感想。
「雖然很好吃，但對我來說好像太優雅了。」

看來餐點的份量不太夠，我尷尬地笑了一下，突然想起亞里莎也說過同樣的話。亞里莎雖然身材嬌小，但食量很大。而且可能因為在美國長大的關係吧，她喜歡速食和富含油脂的食物，但卻不會發胖，真是不可思議。

我曾經向她表示過羨慕，她卻說：

「這是因為我『能量轉換效率』很差。」

「『能量轉換效率』？」

「這是修治說的。因為我的能量消耗在不必要的地方了，所以不會胖。」

消耗在不必要的地方，這種說法聽起來真奇妙。亞里莎聳了聳肩說，修治也沒什麼資格說別人吧！

「亞里莎還沒回來嗎？」

這麼說來，自從夏天以後，我就沒見過亞里莎。

「嗯，可能吧！」

「什麼『可能』啊！」

這兩人交往的態度究竟是多隨便啊？真讓我嚇了一跳。修治反過來問我：

「她沒和妳聯絡嗎？」

「嗯，完全沒有。」

如果她回來了，應該不是和我聯絡，而是先和修治聯絡吧？

「如果她回來，幫我轉達改天一起吃個飯吧！」

修治點了頭，說下次三人一起。

俗話道「說曹操，曹操就到」，尤其是在校園附近，兌現的機率又比一般來得高。可能因為人事物都侷限在這個範圍內吧！

我和修治離開咖啡廳，才走到校門附近的交叉路口，就看到阿龍在馬路對面。我們向他揮了揮手，他看到後也舉起了手。修治看著阿龍，對我說：

「我想，向本人確認是最好的。」

燈號轉為綠燈。修治丟下一句「加油啊！」就把我留在原地，往馬路對面走去。他在路中間和阿龍擦身而過，簡單地打了聲招呼。

阿龍朝我走過來，我問：

「你要去哪裡？」

他指了一個地方，和宿舍及研究室不同的方向。

「超糟糕的啦！」

阿龍露出困擾的表情。

「我的腳踏車被吊走了。」

他說現在要到十条通的保管場去牽車。

京都的街道像棋盤一般，沿著東西南北的方向發展。東西方向的大路從北到南，依序稱作一条、二条、三条……數字一直增加下去。我們現在站的位置，就在東一条附近，所以，十条指的是很南邊的地方。

我們學校的學生，主要活動範圍大略都在學校周邊，稍微跑遠一點，也不過是三、四条附近，所以對於十条，有一種「南方盡頭」的感覺。無論是搭公車或地下鐵，距離都滿遠的。所以不只罰金令人心痛，要到十条牽車這件事本身就是個大麻煩。而且大部份學生平常都以腳踏車代步，甚至沒有坐公車或地下鐵的習慣。說得誇張一點，前往十条救出愛車，需要抱著來趟「小旅行」的心情。聽起來可能很扯，但現下真是這種心境。更麻煩的是，不能向同學借腳踏車騎去，因為這樣回程時就會有兩台車。幾年前，小剛就是沒注意到這個簡單的道理，還被大家恥笑了一番。他最大的敗筆，在於沒有拋去「要行動，就要靠腳踏車」這個既定觀念。

「妳現在要去上課嗎？」

「沒有。」

我搖了搖頭。我在上學期的努力之下，已經把學分都拿滿了。接下來只剩每星期出席一次的專題課，所以很輕鬆。之前那堂基礎數學III也拿了「優」，當時我還很興奮地告訴小剛，沒想到小剛說，有去考試就會拿優，沒去考試就不及格，只有這兩種而已。

「我剛好沒事，載你到地下鐵車站吧！」

其實我正想到圖書館查資料，準備畢業論文，不過也稱不上有「事」就是了。

「真的嗎？這樣超幫到我的啦！」

阿龍眼睛亮了起來，我因而對自己想出的法子很滿意。我們等著接下來的綠燈，然後兩人一同過了馬路。

一看到我的車，阿龍就開心地說，小花準備真齊全啊！

「連『火箭筒』都有。」

「火箭筒」指的是腳踏車後輪中間突出來的細長鐵棒，這是我到京都之後才認識的東西。這不是為了給人站著踩的，但也不清楚它原本的用途。打從春天以後，我好一段時間沒使用過火箭筒了。

阿龍踩著車，我站在後面，往北先到今出川通，再往西前進。進入十月後，之前強烈的暑氣也稍微緩了下來，雖然葉片還未轉紅，但街道上的樹已漸漸轉成令人感覺沉靜的顏色了。

對於共乘腳踏車這件事，我可是很有自信。共乘時，大多是身材嬌小的我站在後面，所以我很習慣，何況剛進大學時常常與人共乘。

我在東京的家，位於小丘陵上，所以幾乎不會騎腳踏車。剛來這裡時，見到校園裡和附近總有大量腳踏車還很震撼。就像我們剛剛通過的那個十字路口，稱作「百萬遍」，腳踏車流量可不是蓋的。「根本就像中國嘛！」我雖然沒去過，卻也不禁這麼想著。當初我毫不隱瞞地說我覺得腳踏車很可怕時，小剛露出了訝異的表情，然後舉了「中國」的比喻。在練出能騎腳踏車上街的技術之前，小剛一直陪我在鴨川邊練習。

從賀茂大橋一眼望去，河川的模樣和三年前沒什麼不同。川邊的散步道上，有群戴著相同帽子的幼稚園小朋友們，正搖搖晃晃地前進著。還有身著運動服、脖子上捲著毛巾的女大學生正在慢跑。

三角洲漸漸從我們的視線中消失，接著映入眼簾的，是從「桝形商店街」延續出來的、出町這區的圓拱形遮棚。踩著踏板的阿龍突然說：

「小花好輕吶！」

我被人這樣說，或者應該說被人這樣稱讚，已經不是第一次了。之前的男友總說我輕得好像後面沒載人一樣。半年前分手後，我和他一次面也沒見過。

「應該是重心的問題吧，妳是不是很擅長站平衡木啊？」

阿龍說了完全不相干的話，然後越騎越快。這是我第一次碰到他的肩膀，比起前男友，阿龍更骨感。
我們在地下鐵今出川站前停下，正打算接過腳踏車握把時，阿龍猶豫了一下，說：
「妳接下來還有時間嗎？可以和我繼續騎去十条嗎？」
「可以可以！」
我不小心連續說了兩次「可以」，之後總算冷靜了些，然後用故作驚訝的語氣問：
「你不喜歡搭地下鐵嗎？」
但我的嘴角還是不小心笑了起來，實在沒辦法。只要和阿龍在一起，我就會不太正常。我變得無法克制自己，是因為對方比我更自我中心嗎？還是其他？
「也會搭啦，不過我覺得今天這樣感覺還不錯。」
阿龍不理會我心中的小小糾葛，口齒不清地答道。
「但妳一直站在後面，很辛苦吧？」
我掩飾剛剛慌張的模樣，表示阿龍騎車很穩，沒問題。
我們的目標是沿著烏丸通南下，直達十条通。帶著乾澀的秋風吹過樹木，拂上我的左臉頰，接著騎到京都御所[1]旁的路上。由於現在是平常日的白天，人很少，但往南跨過御池通，進入辦公大樓及店家林立的區域後，人車都多了起來。
「啊，京都塔！」

不知不覺地，白色的塔身在我們前方露了臉。比起東京鐵塔，京都塔的顏色和形狀實在太單調，第一次見到時，總覺得少了些什麼，現在卻覺得很有親切感。我仰望著京都塔漸行漸大的模樣，經過了觀光巴士聚集的東本願寺[1]門前，接著在前方等著我們的，是震撼力十足的JR[2]京都車站大樓。由於腳踏車無法穿過車站，我們撇開人潮混亂的車站，往左方騎去。沿著圓環駛來的計程車裡，載滿各種國籍的觀光客，個個都熱情且好奇地一直看著窗外。跨越鐵路，又騎了大約五分鐘後，總算抵達目的地。

我們順利取回了腳踏車，這次則是踩著兩台車，沿著河原町通直直向北行。阿龍騎在我前方，我望著他的背影，想起剛剛握緊他肩膀時的觸感。想著想著，不禁微笑了起來，結果一下失去重心，差點撞上前方身著和服的阿姨，還被她瞪了一眼。

「我請妳吃點心當作謝禮吧！」

在五条通等紅綠燈時，阿龍對我說。於是我們決定繞到面向高瀨川的點心塔專賣店。右轉走上三条通後，直達木屋町通。這家店就在「soleil」附近，我打工的休息時間也常來。

走進店門的那一瞬間，香甜的氣味撲鼻而來。店中間有個很大的玻璃陳列櫃，擺著

1 日本皇室於明治維新之前的住所，現開放參觀。

2 Japan Railways，日本鐵道。

十數種點心塔，三位女高中生圍在前方。可能是來京都畢業旅行的學生吧，因為她們的制服我沒看過，裙子有點長。她們指著點心塔，非常興奮地討論著，口音聽起來可能是東北地方來的。

「這裡還真可愛啊！」

阿龍一面東張西望一面嘟噥著說，這裡都是女生嘛！這麼說來，的確店裡幾乎百分之百都是女生。外帶區的後方是內用座席，大概坐了七成滿。桌上鋪著的是紅色格子桌布，正好和店員的圍裙配成一套。

高中生們花了許多時間及精力選完點心塔後，總算輪到我們了。每個點心塔都裝飾著如寶石般的七彩水果，只是望著，就令人覺得幸福。

「小花好認真啊！」

阿龍笑著說，自己也不知不覺地認真了起來。

我們點完餐，到桌前正要坐下時，正巧有兩人從戶外座席準備起身。他們將腿上鋪著的毯子疊起，放在椅子上。

「太好了！」我說。

因為那個座位很受歡迎，總是很難搶到。今天總算有機會了。

「坐在戶外可以嗎？」

我雖然詢問阿龍，腳卻已往戶外走去。我告訴他這是貴賓席，他歪著頭說：

「讓我坐可能太浪費了吧！」

然後把適才拉出來的椅子推回去。

店員送來一壺紅茶及杯子，還有兩人份的點心塔，小小的圓桌立刻被佔滿了。

「真高雅啊！」

茶壺中冒出熱氣，坐在對面的阿龍深有所感地說。我們手上拿著兩個奢華的白瓷杯，上面畫了兩隻鳥，是帶給人幸福的青鳥。

「這和我們骯髒的生活根本是完全不同的世界呀！當女孩子真好，好像有很多樂趣。」

「是這樣嗎？」

「對我來說，生活只有數學和酒而已啊！」

阿龍接著說，對山根來說是炸藥和酒、對安藤來說則是遺傳基因和酒。其實我也很羨慕他們，但這種心情似乎很難說明。

「有很多樂趣」——我記得曾聽過這句話，但上次聽到時，卻不是拿來形容女孩子們的。

之前的男友對我說：「我跟不上妳的腳步了。」他提分手的時候表情很痛苦，雖然是我被甩，但真正受不了的人其實是我。剛認識的時候，他不曾有過這樣的表情。我們交往了半年，雖然這已經是我最長的紀錄了，但這過程中也許有某個部份，漸漸往毀壞的方向前進。當然我也不是完全沒有受傷，平心而論，應該是我們兩人都感覺到，越來越無法交往下去了。

最讓他難過的是：我有太多喜歡的事物了。

「我總是把妳的事情看得比什麼都重要。」

我回答說，我不也把你看得很重要嗎？但他卻悲傷地搖了搖頭。他說，我不是懷疑妳，只是無法忍受，我不過是妳眾多重要事物的其中之一而已。

「我的意思不是我要當最重要的那個，只是對妳而言，其他重要的事物未免太多了。這真殘忍。」

我想，不是因為我濫情。一般人們說的「出軌」，我認為我一次也沒做過。運氣不好的是，我和其他朋友聚會的時間，偏偏常和前男友重疊。

不祥的預兆從以前就開始了。

例如，我和別人先約好了，所以拒絕了前男友的邀約，惹得他不開心；他也似乎不太喜歡我把朋友餐會看得比和他見面重要，或我突然自己出去旅行等。應該說，他無法理解這些行為，我們為此不斷爭吵。我的交友及興趣廣泛，讓他很不安，他也曾經求救般地向我傾訴。但我認為我只是做自己，而不是做虧心事，因此無法認同。這樣的糾紛每個月會爆發一、兩次，而且越來越嚴重。

他最後留下的話，我至今無法忘懷。

「我無法像妳一樣八面玲瓏。」

他說，雖然他認為，能夠把愛及時間平分在各種事物上，藉此享受這個世界，是很棒的事。

目送他離開房間時，我連掙扎的力氣都沒有了；對於「均等」、「平分」這些字眼一點也不在意。我一面聽著他關上房門的聲音，一面想著他留在浴室的牙刷該怎麼處理這類枝微末節的問題。

也許有人覺得我是個冷淡的女人，但實際上不是。我只是用我的方式，思念著我的戀人。他個性溫柔，對美食沒有抵抗力，而且令人意外地很愛哭。看電影時，無論結局是快樂或悲傷，他總會紅了眼睛。不知道在哪裡練的，他接吻的工夫異常高明，腹肌也鍛鍊得很結實。他還有好多好多、各式各樣的優點，我們應該能夠相處得不錯、或者說能夠處得來，但他卻提出莫名其妙的分手理由，改寫整個情勢。剛分手時，我甚至覺得自己是受害者。

至今為止每段感情（雖然我稱不上經驗豐富）結束的方式，大概都是這樣。當然，隨著對方的個性及我當時的精神狀態可能有些微不同，不過差異不大。我不將戀人放在第一位的行為模式，總是不被對方接受。

一開始時我也會注意，將與戀人的約定擺在第一位，減少其他聚會。若數日不能見面，還會頻繁地傳簡訊或打電話。不過平穩的日子無法長久，漸漸地，起初融化我心的愛情變成了對我的束縛；起初感動我的細膩體貼，逐漸讓我覺得囉嗦。隨著日子過去，圓滿的世界緩慢被蠶食，邁向結局。

我想起了這些回憶。

要不要吃吃看？我問阿龍。讓他嘗了我的草莓塔，也請他分一些藍莓塔給我。雖然兩種味道都很不錯，但與其一直吃同一種東西，不如交互品嘗，比較有變化。

我失戀的隔天，照慣例和小剛報告，原本以為他會安慰我的，沒想到他劈頭就說：

「又來了？一定是因為妳那種三分鐘熱度的個性吧！」

「聽起來我是個差勁的人啊！」

「妳本來就是這樣吧？」

我一開始總是很熱情，但漸漸就冷了下來，而且周期還滿短的。小剛說：

「妳就是三分鐘熱度嘛！」

他用這句話打發了我。不顧我的沉默，小剛繼續說，想也知道對方的感受。

「小花的好奇心太強了。」

正因此，我投注在某件事物上的時間和精力，相對來說比較少，小剛說那是因為我很難持續集中注意力。他一反常態地祭出邏輯性論述，我回憶著過去的事想找出理由辯解，結果反而被他窮追猛打。

「不過，妳無心突破這種狀況，只是一時興起與人交往，才會很快就失去興趣，不是嗎？」

小剛說，如果真心喜歡對方，那麼很自然地，眼中就只會有對方。他說我沒有好好選擇喜歡的對象，是不行的。

「我才不是一時興起呢！」

每次感覺到戀愛時，總會心想「這次準沒錯」，但為什麼每次都不順利呢？

儘管如此，我也無法因而決定好好享受短暫的戀愛。每次結束一段感情，我總感到心力交瘁。厭惡自己、不滿對方的心情混雜交錯，使我無法整理自己慘淡的情緒。雖然休息一陣子便能再度打起精神，但只要遇上某個契機，還是會喚起我的記憶，所以不能掉以輕心。每次遇上這種狀況，我就會在衣櫃中多添幾件新衣。要安定情緒，購物和甜食是很有效的。

「算啦，我也沒資格說別人就是了。」

小剛用若無其事的口氣，對垂頭喪氣的我說。
「不要沮喪啦！」
「我沒沮喪。」
「不要生氣啦！」
「我沒生氣。」
我不是氣小剛，也沒打算遷怒於他。我沒辦法進步，是自己得負責的。
「……我沒沮喪。」
前男友說我八面玲瓏，所以能夠享受這個世界。
是這樣嗎？
如果我真的八面玲瓏，那也不會陷入這種惡性循環中了。
正因如此，阿龍對我來說是很特別的情況。不論阿龍算不算我的戀人，我都已經陷入戀情中了。我完完全全地陷在其中，而且還繼續往下掉，這的確稱得上是特例。
我也曾想，為什麼會是這個人呢？客觀來說，他並不是受異性歡迎的類型。不是引人注意的美男子，說話也不有趣，還一點也不機靈。一般人對他的印象就別提了，連他吸引我的理由，我怎麼想也想不出來。他不特別時髦，對時尚、電影或音樂的了解也不是特別深。我至今為止交往過的男友，一定都具備以上至少一項特點，也有同時具備好幾項的。

阿龍的嘴唇染上藍莓的紫色，悠閒地眺望著高瀨川中的流水。

為什麼會是這個人呢？為什麼我那麼在意他，在意得無法自已呢？只要見到他的笑容，我就像被制約一樣，全身失了力氣。這些症狀，我自己也搞不清楚。只是——我心中不斷祈求著，像禱告般不斷祈求著——只是希望這次和阿龍交往的過程，不要步上至今為止走過的路。阿龍和我至今邂逅過的人的確有很明顯的不同。即便如此，這份感情終究也可能改變，也可能有一天褪了色，消逝而去。我光是想像著這種可能性，心臟深處便絞痛了起來。

天色漸暗，川面吹起涼風。我背後的柳樹葉片響起輕微的颯颯風聲，吸引了我的注意，心情也因此平靜了下來。

再次環顧店內，客人比剛才增加了不少。阿龍也順著我的視線看過去，接著站起身，說差不多可以離開了。我們起身離開時，有兩位滿是白髮、身段優雅的婆婆與我們擦身而過，很開心地走向戶外座席。

阿龍說他要直接回研究室去。我難得來到這附近，想繞到soleil看看。

店裡只有陽子一個人在當班。她看起來很無聊似的，一見到我，意味深長地笑了起來。

「我看到了喔！」

我手上拿著外帶點心塔的袋子，差點掉在地上。

「妳不要偷偷觀察，至少出聲叫我吧！」

「說什麼啊，明明是妳的眼裡容不下周圍的東西吧？我在河川這邊揮著手，妳完全沒察覺。」

陽子說我一直盯著阿龍，我完全無法辯駁。

「他嘴唇上都沾到紫色了吧！那種笨拙的感覺真可愛。」

笨拙啊，這算是稱讚的話嗎？我耳邊突然響起修治的話，說阿龍不是那麼圓滑的人。前男友的話也一同浮現在我腦中，他說，我不像小花這樣八面玲瓏。

「你們看起來像是感情很好的一對啊！是特地一起去那家店的嗎？」

「嗯，有點複雜。」

我跟陽子解釋，我是陪阿龍去牽回被吊走的腳踏車，陽子笑了起來。

「真不知道他到底是很高明，還是很矬。」

這麼說來，好像有誰曾經不甘心地說過，龍彥其實滿行的，是山根嗎？還是安藤呢？

我突然想起一件在意的事。

「沒想到龍彥很受歡迎喔！」

那兩人搞不好知道些什麼。現身在出町柳的那個女生，看來一定和阿龍交往過，或是有幾近交往的關係。當時我和她雖然隔了些距離，但她對阿龍那種緊迫盯人的感情還是清楚可見。不管他們現在是什麼樣的關係，沒有搞清楚對方的身份，我說什麼也無法冷靜。

我真是沒用。今天其實有好幾次機會可以開口問阿龍，但我卻開不了口。這真不像我啊！如此煩惱焦慮，真不像我的個性。

「不過你們共乘腳踏車一起到十条，這不是很好嗎？」

陽子興奮地幫我下結論說，這就叫「約會」。

5 癖好

自從在點心塔專賣店前和阿龍告別後，一直沒機會再見到他。

但他偶爾會打電話給我，這也稱得上是進展吧！電話裡的阿龍比起之前，開口的次數多了一點點。他告訴我日常生活中發生事件的或然率、還有最近他好不容易證明出來的數學公式等。

他說，新的公式被發現時，常常以發現者的名字來命名。我聽了後，回想從前應考時背誦的公式，像畢達哥拉斯定理、歐姆定律等，的確有幾個這樣的公式。真了不起呢！我開心地說。

「這麼一來，哪天可能會出現『龍彥定理』喔！」

「嗯，不過我對在史上留名之類的，沒什麼興趣。」

阿龍沉默了幾秒。
「而且，不用自己的名字應該也可以吧？發現新的星星或新品種植物的時候，不也這樣嗎？」
「那麼，你就叫它小花定理嘛！」
我不假思索地拜託，結果電話那頭沒有回應。
果然太厚臉皮了吧？我輕率地說出這種話，讓阿龍很不自在吧？正當我焦急的時候，阿龍回話了。
「嗯，雖然不知道什麼時候才會成功，但我可以用這個名字嗎？」
「太好了！」
我才剛剛反省過自己的態度，馬上又開心地歡呼了起來。緊接著又是一陣沉默，我再次陷入反省。最近我總覺得自己變成了非常單純的生物啊！
「我絕對會好好努力給妳看的。」
阿龍小心翼翼地說。這句話讓我的心情很複雜，有些不好意思、卻又覺得甜甜的，掛掉電話後還覺得心裡暖暖的。
讓我意外的是，跟數學有關的話題一點也不無聊。陽子取笑我說，這就是所謂愛的力量，但理由不僅於此。這些內容不但有趣，還非常有吸引力。我想這才是阿龍對數學抱持的「愛的力量」。

關於上次那個女生的事，我本想等遇到山根及安藤時再若無其事地問問，但卻一直等不到機會。現在好像是舉辦學會的旺季，理科生們很忙碌。上次原本說要延後辦的賞月活動，也遲遲沒有下文。

我增加了在soleil的輪班時間，不用打工的時候，則一步步地寫著畢業論文。偶爾和小剛及其他專題課的同學一起去喝酒，或去俱樂部跳舞。

曾有一次，我在學校附近見到亞里莎。那時我在北白川的麵包店裡等著結帳，透過玻璃窗，看到像是亞里莎的身影一閃而過。雖然只有一瞬間，不能確定，但我記得見過她那件亮檸檬色的毛絨外套。本來想追出去，但剛好輪到我結帳，結完帳接過麵包走到店外時，她已經不見蹤影了。

過了一星期，我收到簡訊，不是亞里莎傳的，而是好久不見的修治。

「要不要一起吃頓飯？」他的簡訊看起來沒什麼奇怪之處，倒是修治主動和我聯絡這件事比較稀奇，何況現在他應該正忙著參加學會吧！我嚇了一跳，打電話給他。

「怎麼了嗎？」

「沒什麼，只是想說要不要一起吃頓飯。」

這種曖昧不明的說話態度實在不像修治。看來當面談比較快，於是我也不追問了。

「明天可以嗎？我們到上次那家店去吧！」

「都可以啊，這次讓你決定吧！」

我將選擇權讓給他，因為這次和上次的狀況似乎相反。修治想了一下，決定約在北校區再往北走、位於御蔭通上的定食店。

隔天，我走捷徑穿過北校區，見到校內的銀杏樹已經完全染上了顏色。眼界所及之處滿是落葉，踩在落葉上時，有種連自己也被染成黃色的錯覺。腳下是鬆鬆軟軟、不著地的感覺。每每提到京都的紅葉景觀，人們便會聯想到神社寺院裡的楓葉，那些的確是很棒的景色，但其實我們學校附近的秋日景致也很不錯，特別是我們校區中有很多銀杏樹。阿龍他們宿舍四周圍繞著高大的古木，現在應該也埋沒在黃色葉片中了吧！

我比修治早到，拉開不怎麼順暢的木門，剛踏入店內，背後就有一群身著運動服的人蜂擁而至。他們手上拿著網球拍，可能是網球社團吧！即使在這樣的秋日，每個人也被曬得黑黝黝的。

透過窗戶，可以看到學校的門及剛才走過的林蔭道。我一坐下，就看到修治踩著我剛剛走過的黃色絨毯道路，正往這裡來。

「不好意思，妳等很久嗎？」

修治在我對面坐下，看起來好像非常疲累。他還是一樣消瘦，不過好像有些蒼白。該不會是大腸桿菌又發生什麼事了吧？

「你還好嗎？好像很累的樣子。」

沒事沒事，修治說，一邊很不習慣地對我擺了個笑臉。點完餐後，就一直沒有開口。

我有些無事可做，只好盯著牆上貼著的一張張菜單。大部份都已泛黃，紙張邊緣捲了起來，有些菜色的價格上還貼了另一層紙。營業多年，價錢也做了調整吧！我從最旁邊開始讀起，依序把各個價錢加起來。

我是在模仿阿龍。之前我們兩人曾到過氣氛類似的定食店。阿龍點完餐後一直看著菜單，我問他在做什麼，他說：

「我的癖好啦！」

他說，只要看到數字排列在一起，就會想要加起來或乘乘看。

「這已經不能稱為癖好了吧？」

算是輕微的強迫症吧，他說。他還想繼續算下去，我在一旁忍耐著。不過若對方有想說的事又說不出口、氣氛陷入膠著的時候，用這招來打發時間倒是很有用。我竟然發現了這樣的用處，之前還真是壓根沒想過。

我很不善於心算。中間好幾次算錯重來，好不容易算到二萬二千三百九十圓，此時修治突然開口了。

「她說謊。」

我的眼神，從牆上「炸牡蠣定食（冬季限定）八百九十圓」的字樣，移到修治身上。

「說謊？」

「不，也不能算是說謊吧！」

修治只說了「美國」，又停下來。

「美國？」

我只知道是和亞里莎有關，此外一概摸不著頭緒，只好沉默著繼續等待。果然，這次我們的角色和平常顛倒了過來。

修治總算一點一點地說出口了。原來亞里莎夏天時的確去了美國，但其實只待了十天左右，中元節之前就回來了，但直到上星期才和修治聯絡，中間隔了三個多月。

「妳猜她在做什麼？」

我當然不可能知道，只能從修治不開心的表情得知，一定不是什麼好事。不過他接下來的話，出乎我的預料。

「她一直在祇園，在白川通附近的酒店打工。」

「這是怎麼回事？」

我才剛開口，修治立刻搖了搖頭。

「而且好像不是什麼正經的地方。」

不過，至少她是在祇園，修治這麼說著，好像是在說服自己。而且聽說是超高級的酒吧。

「那傢伙一點常識也沒有，到底是怎麼鑽到那樣的地方去的啊？」

「不過至少沒有出事吧！」

我稍微鬆了口氣。他們這對情侶，原本就不會互相干涉。雖然三個月沒聯絡的確有點太誇張了，但因為對方是亞里莎，想來也不無可能，而且她絕對不是故意的。再怎麼說，修治應該是最了解她的人，知道她總是會有出其不意的舉動。

「總之你和她順利聯絡上了吧？」

「才不呢！」

我話還沒說完，修治便發出呻吟一般的聲音。看來，「沒有出事」這個說法是不正確的。

「我明明問過她了啊！」

亞里莎出發之前，修治似乎問過她什麼時候回來，亞里莎回答不確定。不過她說，若是回來了，一定會和修治聯絡。

「如果我沒問過她就算了，我們之前也常這樣。不過那傢伙，這次是早就決定好了。」

也就是說，亞里莎原本就決定十天後回國，卻故意說謊。

「為什麼呢？」

「問題就在這裡。」

修治無力地說，這就是他最不能理解的地方。

「為什麼她要對我說謊？」

「會不會是她覺得你會反對她在祇園打工呢？」

我只是隨口給個意見，但很明顯，我的推理是錯的。

「我才不是那麼囉嗦的人啦！」

的確如此。亞里莎想來不會不了解這點，而且就算修治真的在意，依她的個性，也不會因此改變心意。

我們對看著。接下來又是一陣很長的沉默，今天已經不知道是第幾次了。

我們吃完早就冷掉的牛肉燴飯（六百七十圓）及烤魚定食（七百四十圓），然後道別。我來到腳踏車停車場時才突然想起，有件事忘了問他。

亞里莎為什麼現在突然決定與修治聯絡呢？也許她覺得繼續欺騙修治很內疚，但是否還有其他理由呢？

我邊想邊搖頭，因此拿起了手機。

和本人確認是最快的。這是我打聽阿龍的事情時，修治曾說過的話。有時候，我們連自己做過的事都不一定了解，怎麼有辦法推測他人的行為動機呢？不可能的。

亞里莎的手機收不到訊號。我傳了簡訊給她，說最近想見個面，要她和我聯絡。我想了一下，接著補充說，我和修治見過面了。

腳踏車前面的菜籃被塞了好幾張廣告傳單，校慶就快到了吧！我將傳單疊整齊，正準備丟進旁邊的垃圾筒時，落在傳單上的紅葉輕輕地飄了下來。

收到亞里莎的回覆，已經是隔週的事了。

我們約在下午，這時候的咖啡廳空蕩蕩的。我準時到達，環顧店內一周，看到亞里莎坐在上個月我和修治坐過的位置。她將纖弱的身軀埋在沙發中，呆呆地看著窗外。

「好久不見。」

我在她對面坐下，若無其事地打了招呼。她穿著橙紅色安哥拉毛針織衫，我想起上次見到她時，穿的還是夏天的衣服，再次意識到我們很久沒見了。

「修治說……」

「修治他——」

我們倆異口同聲，對看了一眼，笑了出來。我誇張地把手掌朝向她，說妳先吧！亞里莎這才表情嚴肅了起來。

的確如修治所說，亞里莎從八月就開始在祇園打工了。她說是為了籌措到美國留學的資金。

「留學？」

她點了點頭。

「可以的話，我想明年春天過去。」

「那不是快了嗎？怎麼那麼急？」

「修治也這樣說。」

亞里莎皺了眉，補充說道：

「我爸媽也這樣說。」

她說，會自己打工賺錢，就是因為父母反對。

「他們好像覺得我如果去了就不會回來，他們太保護我了，而且我爸媽不太喜歡美國。」

亞里莎慵懶地說，他們明明都在那裡住過的；然後將背靠在沙發上。

「如果是妳，的確可能會一直待在那裡吧！」
「總之因為這樣，我決定自己想辦法。」
亞里莎始終沒有把重點講明，就這樣打住。她挺起身，拿起點菜單。
「妳要吃蛋糕嗎？」
「不用了，我喝茶就好。」
因為剛剛午餐吃得很飽。
「咦？是喔！」
亞里莎用小孩子般的聲音表現出不滿，繼續翻著菜單。她一面喃喃自語著這個好像很好吃、那個好像很甜，一邊認真地比較著蛋糕照片。她很不自然地花了很多時間研究菜單，可能是發現我正在猶豫怎麼開口才好吧！
我喝了一口送上來的印度奶茶後，切入正題。
「然後呢？妳為什麼要對修治說謊？」
「我也不知道。」
亞里莎低下頭，把鮮奶油塗在巧克力蛋糕上。我遲疑著是否要問下去，這個任務真不該是我來做。亞里莎把巧克力蛋糕的表面塗得雪白，然後突然抬起頭說：
「我很害怕接下來會變成什麼樣。」

亞里莎沒有跟修治提過留學的事。其實，他們至今不曾討論過畢業後的計畫。亞里莎也完全沒有找工作。她說，修治可能認為她打算住家裡，然後靠打工維生。

「因為妳可能不回來了，對吧？」

我想起剛剛談話的內容，所以這麼問。亞里莎表情憂鬱地搖了搖頭。

「不，正好相反，我好像不想去了。」

以前的她，回到日本卻一直想念美國。但遇到修治以後，心中對於離開日本這件事漸漸有了抗拒感。

但我還是不懂。如果她現在還念著美國，想搬到美國居住，那麼我可以理解她的困擾。這個說法可能有點怪，但若是被迫在修治跟美國之間做選擇，的確很頭痛。不過，如果她對於去美國這件事已經漸漸失去興趣，那就不用勉強自己去美國留學，可以像現在這樣留在日本，和喜歡的修治在一起。

我的表情，似乎傳達出我的思緒。

「妳是不是在想，這樣豈不是剛好嗎？不過啊，我害怕起來了。」

因為太喜歡修治而感到恐懼，亞里莎露出被逼迫得走投無路的表情這麼說。

「再這樣下去，我會看不到修治以外的世界，所以我才想好好存錢到美國留學，因為不想精神上一直靠他支持。」

她的語氣很真誠。也就是說，她希望能自立吧！

雖然懂了她的心情，但對於她為什麼要說謊、為什麼要瞞著修治，我還是不能認同。如果只是這樣，好好地和修治說，修治一定能夠理解。基本上，亞里莎一向很隨性，只做自己喜歡的事。

「我這麼做是為了配合修治。過去我總是一心想拉近和他的距離。」

所以她才下定決心要保持距離，結果就變成「說謊」這種極端的方式了。

「不用這個方法，我會失敗。」

亞里莎無力地笑了笑。她看起來非常寂寞，寂寞到讓人生氣。

「修治還有大腸桿菌，但我什麼都沒有，對吧？」

無論是學問、戀人或興趣，人們對一項事物投注熱情的強度與深度，大概跟與生俱來的性格有關吧？還是，跟人們是否邂逅了那樣的人事物有關？沉迷在某項事物中，或者說被某項事物吸住不放，對當事者究竟是幸還是不幸呢？對在旁守候的人而言，又是幸還是不幸呢？

我腦中浮現阿龍的臉，心中有股衝動，想上前擁抱亞里莎。好不容易抑止這股衝動後，我深深嘆了口氣，慎重地說：

「不過，修治消瘦了許多呢！」

「我知道。」

亞里莎喃喃地說，一邊撥弄著掛在漂亮耳垂下的幾個耳環。其中有個非常明顯的金色圈圈，反射著光線晃動著。

「我想修治喜歡妳的程度，比妳想像得深。」我緊接著說。

我只能說出這些不著邊際的話，因此焦急了起來，但我說的也是事實。

「我知道。」

亞里莎纖細的手指離開耳垂，補充說，她從前不知道，但現在知道了。她的聲音聽起來很澄澈。

「不過說起來，還是我自己的問題吧！」

她突然用誇張的語調，說：

「而且，雖然修治的確很用心考慮我的事，但與其說他喜歡我，不如說他『也』喜歡我吧？」

她逐漸恢復了原本的聲調。

「怎麼說，他還是喜歡大腸桿菌吧，他就是莫名地對生物有癖好吧！」

如果今天修治的研究對象是狗、貓或化學物質，可能事情又會變得不同，或者研究的是數字。無論哪一項，我想都比對象是謎一樣的女人來得好。

「妳這話妙極了。」

「什麼妙什麼極？」

我做了無謂的聯想，而亞里莎用好似歸國僑民的口氣回問我。「好似」這種說法可能是我的偏見，不過，她用了「癖好」這個詞，倒是不簡單吧！

結完帳走出店裡，太陽已經下山了，周圍的街燈亮起白光。不知何處飄來咖哩的香味。我不小心說了聲肚子好餓，結果她對我投來勝利的微笑。

「看吧，妳要是吃了蛋糕就不會餓啦！」

這種肯定的語氣，果真是平常的亞里莎。

「不不，我這話不是真的指肚子餓。」

只是每次看到好像很好吃的東西、或聞到很香的味道，就會反射性地這麼說。

「日本人的心思還真細膩啊！」

亞里莎故意對我皺了眉，也許她剛剛聽到不懂的詞，有點不甘心。

「不過，小花很貪吃嗎？」

「我還真不想被妳這樣說呢！」

我愣了一下，她接著對我說了搞不清是安慰、還是讚美的話：

「我就喜歡妳這種個性。」

「什麼個性？」

「要說是好奇心強呢，還是很有行動力呢？」

雖然我搞不清楚這和貪吃有什麼關係，但看來她是想讚美我吧！

「我會再和修治好好談談的。」

道別時，亞里莎抱了抱我的肩。她身上飄散出甜甜的香水味，南國花朵還是水果的味道。

「下次來我們店裡玩吧！」

「還要繼續打工嗎？」

「嗯，雖然還不知道會不會去留學，但打工滿好玩的。」

她說除了能學習社會經驗外，薪水也不錯，所以滿喜歡的。

「妳如果也經濟窘迫，我可以介紹妳去喔！」

「『窘迫』？」

她用了不常聽到的詞，這回換我的眼睛瞪得老大。

「這是我們店裡客人的口頭禪啦！」

亞里莎開心地笑了笑。

6 恐慌

這三天，我是在烤章魚燒中度過的。

今年的校慶從星期四開始，中間夾著國定假日星期五，再接續到周末。雖然其他住宿生也會輪流現身，隨興地來攤位上幫忙，不過我和安藤、山根及阿龍每天都來報到。

主張要擺攤賣章魚燒的，當然是安藤。

攤位位置是抽籤決定，由執行委員會舉辦。我們四人一同挑戰，結果我和安藤沒抽中，山根抽到南校區後方非常普通的位置。只有阿龍中了大獎，抽到中央校區時鐘塔旁，也就是大門口前方，是非常好的地點。

設攤時，我們一面搭著棚架，一面稱讚阿龍。

「這地點超好的，阿龍真厲害啊！」

「真是抽到好籤了，以後抽獎都交給你。」

「了不起啊，不愧是數學系的啦！」

安藤特別開心。

「和數學沒什麼關係吧？」

「才不是呢，不就是或然率的問題嗎？」

「啪！」地好大一聲，阿龍向前傾。他從背部被推了一下，皺著眉表示不滿。

「你在幹嘛啦！」

安藤毫不在意地笑著，說，不好意思啦，我太用力了。

隔天就是校慶，我們深切感受到阿龍的籤運好。無論安藤烤章魚燒的技術多高明，地點幾乎直接決定了銷售量。我們的攤位前整天都人潮不斷，集客力又高又穩定。不過，地點好也等同於忙碌。第一天，我們連吃中餐的時間都沒有。第二天，總算掌握了步調，能夠輪流休息還有餘力和客人聊天，或是對著路過的人潮吆喝。

攤位群聚的校園，每天都雜亂無章。不只是來往的人多，發傳單、吆喝的人還會堵塞人流，這種盛況，已經不能稱作「擁擠」，而該說是「混亂」了。到場的人不只我們學校的學生，還有別校的大學生、闔家出遊的小團體，以及穿著便服、腳踩拖鞋，看似附近的大叔，其實是從研究室溜出來的研究所學生，整個氣氛就像夏日祭典一樣。既然是大學校慶，當然還有其他活動。禮堂中正在演出的，大概是演講會或音樂會之類具有文化氣息的節目；校園裡打扮正式的中年夫婦，可能是演出者的父母；身著制服的高中生團體，可能是為了收集入學考試情報而來。

連續幾日放晴，中午太陽高掛，令人感覺不到已經快要十二月了。桌上紛亂地擺著放麵糊的碗、裝材料的托盤、醬汁及美乃滋、零錢等，空啤酒罐也越來越多。滿頭大汗的安藤脫下了毛衣及襯衫，最後只穿著一件T恤在鐵板前站著。

第三天，下午四點左右我們就決定關店了。因為生意太好，材料用得比想像中快。山根將攤位前方用瓦楞紙做的看板翻轉過來，再用麥克筆寫上「今日營業結束」，然後想到什麼似的，突然說：

「龍彥和小花，要不要去逛一圈？」

「可以嗎？」

我猛地回頭。正在後方將雞蛋盒壓扁的阿龍，側著頭問說：

「還要整理沒關係嗎？採買沒問題嗎？」

「……也是喔！」

我失望地點了點頭。我的腦筋沒有轉得那麼快，最近常會這樣突然卯起勁，就算想克制也克制不了。

「這些事不用四個人啦，我和安藤來就好。小花是最後一次參加校慶了吧？好好珍惜啊！」

山根很寬厚地說，我反而嘆了口氣。因為我正在反省自己的任性，對他說的「最後一次」也感到沉重，因為我原本沒把校慶當一回事。

「那就走吧，難得的機會嘛！」

即便如此，只要偷望一眼阿龍的臉，消沉的心情立刻又振奮起來了。我怎會那麼容易喜怒形於色呢？我一面暗自訝異，一面與阿龍一同離開了攤位。

通往北門的狹窄道路平時很安靜，此刻卻排滿了攤販。可麗餅、炒麵，接著又是可麗餅、章魚燒、法蘭克熱狗、烤雞串、美式熱狗、紅豆湯、章魚燒、可麗餅、雞蛋糕。偶爾夾雜幾攤特殊一點的，像聖代或日本甘酒[1]之類。

「我們的競爭對手果然很多吶！」

在阿龍的計算中，我們路經五十三個攤販，其中章魚燒有十二個。

「大概有兩成吧！」

「是百分之二十二．六，小數點第二位以下四捨五入的結果。」

小數點第二位、四捨五入這些辭彙，我好久沒聽到了。

「還是我們賣的最好吃！」

我識趣地說，一邊在混雜著又甜又辣的氣味中前進。

手中拿著餐券的學生，拚命向我們推銷，擋在我們前方。若是平常，我一定覺得很煩，不過今天卻奇妙地感到親切，甚至差點想要慰勞他，可能因為他努力的模樣，和這三天很拚命的自己很像吧！

沿路四處貼著黑色海報，這是今年校慶的主題，每年的主題是投票決定的。

一不做，二不休

毛筆寫成的紅字氣勢凜然地飛舞著，旁邊還有一樣紅色畫成的骷髏頭標誌。阿龍很仔細地盯著看，嘟囔著說：

「難道想不到更好的主題了嗎？」

「主題」就像標語或目標，一般會採用富含深意的句子，但我們學校的執行委員會卻不怎麼在意這些。不過這些標語總是很有我們學校的風格。我大一時的主題是「廉價出售自我意識」，不，還是「廉價賤賣自我滿足」？總之我記得當時很錯愕。那時我們班的有志之士擺了可麗餅攤位，我也做個樣子幫忙了一下。這麼想來，在那之後我已經三年沒參加校慶了。

1　一種甘甜的日本傳統飲料，酒精含量低甚或不含酒精。

大二及大三時，我分別去了北海道及峇厘島。因為校慶加上前後的準備及收拾時間，學校會放一星期的假。而且比起夏、冬的長假，這時候的機票和旅館都便宜許多，很多學生都利用這段時間去旅行或回家。國高中時，校慶可是與畢業旅行和運動會齊名的大活動呢，但我這兩年不只沒參加校慶，甚至不在京都。瞥見校園附近增多的廣告立牌，我的心情複雜了起來，好像覺得自己長大了一點，有些驕傲，又有些寂寞。

今年原本我和專題課的大四同學們計畫好要去溫泉旅行。大家圍著觀光手冊，興奮地討論著，結果不只學弟妹們很羨慕，連教授都羨慕起來。我原本也非常心動，卻在最後一刻臨時拒絕了他們。他們明天傍晚回來吧，今天是他們在溫泉區的最後一晚，想必正泡著澡，準備吃一頓豐盛的晚餐。

我們走到北校區，這裡的人潮少了許多，攤位也稀稀疏疏的，顧攤的人看起來閒得發慌。柵欄旁邊不知為何擺了個暖爐桌，年齡不詳的學生們披著鋪棉的和服外套，圍在桌旁煮火鍋。這裡明明不是店家，大家卻很鎮定地吃著。我愣了一下，阿龍也瞄了一眼。

「我肚子餓了，你要不要吃什麼？」

「我想吃章魚燒以外的東西。」

「那就吃蘋果糖葫蘆吧！啊，還是要可麗餅？或者飯類比較好？」

我很開心地一直問，阿龍從口袋裡拿出零錢，笑著說：

「原來妳喜歡祭典啊！」

我的確喜歡祭典，但不只因為這樣而已。我含糊地回答說是啊，裝出若無其事的表情，故作不在意。

我們吃完巧克力香蕉，打算回去中央校區，此時有個應該還不到上幼稚園年紀的小男孩，隻身一人往我們這邊走來。他的耳朵冷到發紅，穿著藍色上衣，上面印著很大的卡通圖案。

「怎麼了？」

阿龍突然問這個孩子。

我嚇了一跳，站在原地。雖然北校區出現幼小的孩童實在很突兀，但因為他的步伐很穩，又沒有哭，所以我就這麼擦身而過了。

「你和媽媽一起來嗎？」

阿龍迅速彎下身，看著他的眼神問，一點也不猶豫。他的動作、聲調都非常自然，與其說他正面對不認識的孩童，還比較像與弟弟或親戚的小孩說話。

小男孩瞪大了眼睛，掉下了斗大的一顆淚珠。

「我和爸爸和媽媽……」

男孩小心翼翼地回答，話才出口，到剛才為止強忍住的不安似乎一下子爆發了出來。小男孩的肩膀因嗚咽而抽搐著，一直不斷喊著爸爸媽媽，臉上滿是鼻水和淚水，流到下巴，在他的上衣留下痕跡。

阿龍一直輕輕摸著他小小的頭，對他輕聲細語，直到小男孩哭完。阿龍非常有耐心地安慰他、鼓勵他。

「馬上就會找到了，不會有事的。」

小男孩用我遞給他的面紙及他自己的袖子將臉擦乾淨後，阿龍握著他的右手抬頭看向我。我也伸出手，碰了碰男孩小小的左手，他很用力地握緊我。原來小孩子的手是那麼溫熱又柔軟啊，我從前完全不知道。

「好，我們走吧！」

我們配合著小男孩的步伐，三個人緩慢地步行。在不認識的人眼中，我們看起來像是什麼組合呢？爸媽帶小孩？不可能吧！兄弟姊妹？不會吧！無論如何，應該不會有人想得到我們正帶著一個迷路的孩子。阿龍和小男孩的步伐幾乎一模一樣。

他的父母在時鐘塔前方的大會攤位上。小男孩朝母親奔跑而去，完全沒有回頭看我們。

「你怎麼知道他迷路了？」

「因為他看起來很緊張。」
觀察力好敏銳呀，我衷心佩服。
「真沒想到，你看起來很不擅長和小孩子打交道。」
「怎麼說呢，的確不太擅長……不過因為他看起來很困擾嘛！」
阿龍緩緩說道。
「妳沒有迷過路吧？」
「可能沒有吧……」
「沒錯吧！」
「我迷過路，而且常常迷路。只要出門，我大概有八成七的機率會走失。」
阿龍說，他只要發現令人在意的東西就會停下來看，然後就和父母走散。
「我能想像。」
「很著急的啦！」
阿龍露出認真的表情繼續說：
「腦子裡一片空白，臉上發熱，只有手指腳趾是冷的。這種狀況下，根本什麼都沒辦法思考，只覺得完了，怎麼辦啊？」
四周暗了下來，攤位也點起了燈。小男孩與父母牽著手漸漸走遠。男孩走在父母中間，邊走邊跳著。

最後一天，過了下午兩點，修治來到我們攤位。

我也剛到，因為之前去聽專題課教授的演講。聽說今天從上午開始，人潮就比前幾天多，到了中午幾乎忙不過來，現在客人總算稍微少一些。阿龍和我換班，出去吃中餐，山根及安藤在攤位後喝茶休息。

來到攤位的修治，比起上回，看起來有精神多了。他直率的發言方式也復活了，直接切入正題。

「妳去過亞里莎的店嗎？」

「亞里莎的店？」

我被他突來的問題搞得一頭霧水，搖了搖頭。我雖然曾想過去看看，但沒有行動。

「怎麼了嗎？」

「她把手機忘在我這裡，我想拿去給她。我明天早上要參加學會，所以想現在拿去。」

原來如此啊，我心中鬆了一口氣，點了點頭。剛才一瞬間我以為又發生什麼事了，看來這次不是。

「我以為妳知道在哪裡。」

「我是聽她提過大概的位置。」

祇園一帶的地理位置我也不是很清楚。那裡的店，大多無法以學生身份進去，就算偶爾路過，也不會走進如迷宮一般錯綜複雜的小徑。

「妳就和他一起去吧！」

「真的嗎？沒關係嗎？」

「沒關係啦，正好現在人手很夠！」

對於連續數日被章魚燒圍繞的我而言，這個提議很誘人。

「喂，做事了啦！」

安藤對著攤位後方喊道。

「耶？我一直烤到剛剛耶！」

「不好意思，對不起喔！」

山根一面大口吃著飯糰，一面走了出來，對著雙手合十表現歉意的我，假裝瞪了一眼。

「小花就不用說這些沒誠意的話啦，妳明明在笑！」

「別這樣說嘛，你這個男人真小氣。」

「我回來之後一定會輪班，而且買零食回來，好不好？」
「你們這些傢伙，感情真好啊！」
「喂，不要假裝沒你的事，你才是萬惡的根源啦！」
山根不忘提醒修治，記得等下也要來幫忙。
我們從比往常更沒秩序的腳踏車停車場把車牽出來，沿著東大路南下。人行道及車道上都非常熱鬧，一路塞車到了聖護院[2]一帶。祭典喧鬧活潑的氣氛，不只在校園內流洩，還散布到大學周邊。
因為現在是賞紅葉的季節，所以我們稍微繞道，從丸太町轉進岡崎一帶。過了平安神宮，在近代美術館前方又遇上了人潮。不過這和方才不同，原來楓葉正染得火紅，垂掛在運河旁。駐足賞楓的觀光客中，許多人帶著很大的相機。
我不太常到這附近來，因此不知道這兒的紅葉那麼美。回去之後，約阿龍一起來看吧，下星期的平常日再來，可能人會比較少。
「好棒啊，超漂亮的！」
我們從橋上騎過，修治轉頭對我說。
「亞里莎知不知道啊？你告訴她吧！」
騎過知恩院[3]後，我們往右轉，沿著白川的流水，直至花見小路。亞里莎給我的名片上畫著簡單的地圖，竟很容易就找到了，不過入口的門關得緊緊的。亞里莎在不在裡面呢？

「怎麼辦呢？」

「怎麼辦啊？」

這裡的氣氛不像是能隨便進去的店，看似很重的木頭大門，更增添了一份威嚴。而且我和修治只不過是窮學生，站在祇園白川的街道上，顯得很突兀。我們倆都穿著破爛牛仔褲，我身上還有醬汁的味道。

小徑上沒什麼人。這附近若到傍晚，燈火亮起，是最華美的一區。身著鮮豔衣裝的舞妓及藝妓們往來此處，符合夜晚的古都情懷，熱鬧非凡。不過現在，小徑正曝露在大白天透明的陽光下，石階梯靜靜地躺著。店門口插著一朵鮮明濃郁的粉色花朵，為這單調的風景增添了一抹色彩。

我們站在入口，互看了一眼，這時有人從我們背後開了口。

「請問……有什麼事嗎？」

2「修驗道」為日本古信仰受佛教影響而成，下分「當山」與「本山」派，聖護院為本山修驗宗的代表寺廟。

3 京都最大寺院，屬淨土宗，與東本願寺、南禪寺合稱日本三大門。

轉頭一看，一個高個子女生跨坐在腳踏車上，略顯詫異地盯著我們。

我不認識祇園這區的人，因此無法相較，但怎麼說呢，總覺得這個人的氣質很符合祇園的味道。她身著輕便外套及粗厚長筒靴，臉上幾乎沒有化妝，不過就是有這種感覺。至少她看起來比我們年長，而且穩重。

「朋友在這裡工作，我們把她掉了的東西帶來。」

「啊，亞里莎的朋友嗎？」

我的回答看來剛好抓住重點，對方的表情也鬆懈了下來。以女性的聲音來說，她的聲音偏低，很有磁性。

「這位是她的男朋友嗎？」

對方的視線落到我身邊，笑了一下。

「沒錯吧？她之前給我看過手機照片喔！」

修治從剛剛開始就什麼也沒說，可能是緊張吧！我只好代替他回答，是的沒錯。

「請稍等一下喔！」

女性了解了我們的來意，很習慣地走進店旁的狹小通道，牽著腳踏車，熟練地穿過細窄的小路。她戴著毛帽，從正面看以為是短髮，但其實是將長髮紮在後面。

她苗條的背影消失沒多久後，入口的門打開了。

「我把手機忘了吧？不好意思，讓你們特地跑來。」

亞里莎匆匆忙忙跑出來，臉上的妝比平常濃一些。她說到了店裡才發現手機沒拿，本來想明天再去拿的。

「我有鑰匙啊，可以自己過去拿的，還麻煩小花陪著一起來。」

亞里莎雖然嘴上沒說，但看起來很開心。

「他太保護妳了啦！」

我苦笑著回答，突然懂了，修治一定是想來這家店看看吧！修治最近很需要別人的幫助。這麼說來，已經好久沒見到他們兩人站在一起了。我雖然分別與他們兩人見了面，但果然他們一起出現才是最好的。應該說是很安心，還很自然呢？總之在我看來，他們兩人在一起時，與單獨一人的時候不同。

「真是好朋友呢！」

剛才那個女子從亞里莎身後露出臉說，男朋友也很棒呢！

「真意外啊，亞里莎朋友很多嗎？」

從她這種不客氣的口吻，可以知道她們應該感情不錯。而且亞里莎還給她看過修治的照片。

亞里莎尷尬地笑了笑，女子往裡面走去，然後像歌唱般地說了句：

「下次把龍彥也帶來嘛！」

把——龍——彥——也——帶——來。

我想起來，我聽過這個沙啞的聲音；只有那麼一次，而且只有一句話，但我的記憶力總是在這種地方發揮作用。

我的頭腦一片空白，臉上發熱，只有手指腳趾是冷的。

「就是她！」

正這麼想著時，她開口了：

「難得來這裡，要不要進來喝杯茶？」

在這巧妙的時間點，店裡傳來了這句低沉的聲音。

7 美園

我和修治跟在亞里莎身後，成列走進狹窄小徑，剛才那個女子正好從前方的門口出來。

店內空間是細長狀，從正面的入口完全無法想像裡面其實頗寬敞。右手邊有吧台，吧台後方整齊排著許多酒瓶和酒杯。左邊沿著牆壁有三張矮桌，每張桌子兩側都有沙發椅。最前及最後兩張矮桌是雙人座，只有中間的沙發和桌子特別大。女子擺了一個銀色托盤在這張桌子上，上面有三個杯子。她彎下身的時候，長髮撥動著。

「請用！」

她摘下帽子時，也將頭髮一同放下來了吧，這直髮長至胸前，在微暗的店裡黑得發亮。原本要轉身離開的她，卻被亞里莎叫住。

「美園姊！」

女子輕柔地轉身，傾著頭問亞里莎什麼事。

「她就是龍彥的……」

亞里莎話還沒說完，美園就輕輕點頭做出表示。亞里莎轉向全身僵硬的我，小小聲說：

「他們是舊識。」

美園走回放著托盤的桌邊，往沙發坐下，望著我們。她的態度很大方，和我在出町柳見到的完全不同。我們僵直地站在吧台與矮桌間，她又向我們說了聲「請坐」，然後用手勢比了比對面的沙發。

「那我們就不客氣了。」

亞里莎接著刻意大聲地說：

「妳們慢慢聊。」

亞里莎拉著修治的手往裡面的座位走，順手拿走杯子。亞里莎他們進去後，只剩我一人站在外邊。

「坐吧，坐吧！」

我被催促著，只好不得已地坐在美園對面。皮革製的沙發看起來很高級，而且鬆軟，但我現在完全沒有心情享受。

美園先打了招呼。

「初次見面，妳好。」

我回答。但我心中想著，其實不是第一次見面了。

「我從龍彥那裡聽說妳的事情了。」

從阿龍那裡？

美園一直看著我的臉。我等著她接下來要說什麼，結果她突然問了我奇怪的問題。

「小花的花，是寫成漢字嗎？還是平假名或片假名呢？」

「是花草的花，用漢字。」

我感到很慌張，但還是乖乖回答。美園瞇著眼睛說：

「真是好名字。」

她的態度很放鬆，就像在對熟人說話一樣，我完全感受不到她有敵意，或初次見面的緊張感與警戒心。

「我的名字是美麗的美，加上花園的園。」

我猶豫著要不要誇讚她的名字好聽，最後還是沉默著。我和她，還有很多該談的事。現在只不過是透過共同朋友而認識的兩個人，「初次見面」時最普通的自我介紹。表面上看來的確如此，但事實上完全不是，至少對我來說不是。這兩個月來潛藏在我心中的煩惱源頭就在眼前，但現下這狀態也太平和自然了，好像毫無阻礙似的。

「我可以抽菸嗎？」

我點了點頭。美園從口袋裡拿出香菸盒放在桌上，然後站起身，走到吧台後方。她拿著菸灰缸和裝了水的玻璃杯回來，我總算向她開了口：

「那個……妳和阿龍，以前就很熟嗎？」

「嗯，大概有多久了呢？」

美園的身子陷進沙發中，想了想，回答我說已經三年多了吧！

「這麼一想，認識還真久了啊！」

她補充了一句，好像連自己都感到很不可思議，然後緩緩地點起了菸。

「妳不抽嗎？」

我搖了搖頭。白煙從美園的手中升起，在我們之間漂浮著。

「這裡會不會太冷？我可以開暖氣。」

雖然很感謝她的體貼，但我現在顧不得香菸、也顧不得房間溫度。我再次搖了搖頭，問了第二個問題。我決定這次問得直一點。

「你們……是什麼關係的朋友呢？」

我的問話聽起來很蠢，不過這時候也管不了那麼多。美園盯著我，笑了出來。
「妳該不會懷疑我和龍彥的關係吧？」
她用力揮著手說，沒有沒有沒有。
「龍彥是我研究室的學弟，除此之外沒有更多，也沒有更少了。」
「所以是，數學系的嗎？」
我回問她，因為美園的氣質實在和數學系差了十萬八千里，我花了好幾秒思緒才接上線。
「曾經是，但現在不是了。所以龍彥真的只是我學弟而已喔！」
她說得很乾脆，我雖然有點害怕，還是鼓起勇氣繼續問。
「我上次看到你們兩個人。」
「在哪裡？」
「在出町柳。」
「啊！是我在那裡等著逮他的時候。」
美園拍了一下手說。
「那時我真的很想見他。妳不會以為我是跟蹤狂吧？我們真的沒事啦，妳放心吧！」
真的很想見他所以「等著逮他」，但兩人的關係卻又「沒有沒有沒有」？美園看我搞不清狀況的樣子，笑了起來，然後恢復嚴肅的表情。

「我只是很擔心龍彥。」

她在菸灰缸中捻熄了香菸，兩手放在膝上，往前挺起身子。

他們是在龍彥進入數學系後認識的。當時美園是博士班一年級的學生，之前也一直待在同一個研究室。他們研究室的方針是，無論是幾年級的學生都收並給予指導。那年進來了好幾個大一生，其中一個就是阿龍。美園和阿龍在同年級中都是特別認真的，因此兩人常有機會接觸，很快就熟了起來。

「我們兩個都被數學附身了，這點算是很合吧！」

美園說，龍彥對她來說就「像是弟弟一樣」。

「不過我如果太照顧他，他會覺得很煩就是了。」

她苦笑著說。

「那孩子沒手機，很難找不是嗎？所以我看準他從醫院回來的時間。雖然在宿舍逮他可能更容易，不過我不喜歡去那裡，因為我被那個管理員討厭了。」

美園提到管理員，不愉快地搖著頭，我突然覺得和她同一國。不過我更在意她前面提到的事。

「妳說醫院……」

「對啊，他偶數月份第一個星期的星期五會去醫院，其實是我介紹他去的。龍彥最近好像覺得我很囉嗦，有點避著我，不過看來他有乖乖遵守約定。」

說到這裡，她好像總算注意到我正在發呆。美園停下話，好奇地問我：

「妳有沒有在聽啊？」

「他不是去探望祖父嗎？」

我膽怯地回問，只見美園的表情沉了下來。

阿龍開始固定去看身心醫學科，是某日他在研究室昏倒之後的事。

「我以前也沒注意到，龍彥只要一認真起來就完全不吃飯也不睡覺，而且還不是只持續一、兩天而已。」

據說他連續一星期過著這樣的生活，最後總算體力不支。

「他是被數學附身了吧？」

我想起美園剛才說的話，美園大大地點了頭。

「他只要一開始思考數學，就會鑽進數學的世界裡，暫時回不來。」

我心想，這種狀況究竟是上癮、還是陶醉呢？結果美園說：

「果然還是說『附身』最貼切，因為自己喪失了主導能力。龍彥就是這樣吧？我從前也有這種傾向，所以了解他的心情。」

她這番話聽起來還真可怕。

「而且龍彥的確有才能，是我比不上的。不過可能正因為這樣，他才會過度投入而不自覺。」

美園的眼神注視著遠方，不知她看著的究竟是從前的自己、還是阿龍？數學具有的吸引力、甚至該說是魔力，也深刻地傳進我心中。阿龍因此昏倒，雖然不是無法想像，但還是太誇張了。

「怎麼想都覺得太不健康了吧？研究室的大家也很擔心。」

周圍的人半強迫地勸他定期去看醫生。阿龍原本一點也不想去，但終究基於不想給大家添麻煩而勉強答應，就這樣看了三年。不過連山根也不知道這件事，看來他故意瞞著宿舍的朋友們。

「他沒問題吧？」

他這樣亂來，身體真的沒問題嗎？

「看醫生只是以防萬一，不是很嚴重。」

美園的表情雖然緩和了下來，但隨即又用帶點遺憾的口吻，繼續說：

「但原來妳不知道啊！我本來以為他一定會告訴妳的，因為上次遇到他的時候，他很開心地說著妳的事。」

美園對著垂頭喪氣的我繼續說：

「那麼，上個月龍彥的研究遇上很大瓶頸，他也沒告訴妳囉？」

「我……沒有聽說。」

我的聲音小得像是要消失了一般。

「這樣啊……」

美園喃喃了一聲，然後喝了口玻璃杯中的水。她說，從研究室學弟那裡聽說阿龍一反常態地很煩惱，因為很擔心而特地去見了他。

「小花！」

美園把玻璃杯放回桌上，端正了坐姿。我也因此挺起腰。

「我認為，和龍彥交往是很困難的，妳要有心理準備才行。」

「我有心理準備。」

我小聲地回答，然後又更正了我的說法：我有要做心理準備的打算。

「他有些部份不願敞開心胸，對吧？」

數學的世界是很無情的，常常會把人吞噬下去。所以，無論是為了龍彥還是小花，都不要用半調子的心態面對龍彥。

「我雖然也沒立場說別人，不過這些數學狂的個性真的很不好，一般人是無法理解的。」

我什麼也答不出來。我不覺得她在針對我，美園的話中帶有自嘲之意，不是對我的攻擊。

「不過……」

我總算開了口，但說了「不過」之後卻接不下去。美園看著我的臉，她的視線讓人有股壓迫感。

不過，我還是想好好理解阿龍。

「我會努力的。」

好不容易，我才吐出這句話。美園溫柔地微笑了起來，看著我，輕輕地點了頭，然後伸手拿起桌上的菸盒。

「我會為你們加油的。」

美園還說，要我好好幫助龍彥。她點了第二根菸，菸頭上亮起了小小的、紅色的火光。

這天晚上，我們在山根房間舉行校慶的慶功宴。

「我差不多要回去了。」

的。

我說出這句話時，時間還不到九點。他們三人正喝得過癮，皺著眉說打算喝通宵

「怎麼了？身體不舒服嗎？」

「對喔，妳今天沒喝什麼耶！」

「安藤，你讓人家做太多工作了啦！」

他們一句接一句，我趕忙揮了揮手說沒事。

「只是有點累。」

難得的慶功宴，我這樣掃興，實在很過意不去，但我腦中一直想著美園的話。如果

我人在心不在，對他們一樣不好意思，而且我想一個人好好地整理一下思緒。

我說我可以自己回家，阿龍說要送我，山根和安藤也叫他送我，因此我推辭不掉。

離開房間時，發現白天的陽光像說謊似的，宿舍的走廊和玄關都冷了起來。

「妳要去牽腳踏車嗎？」

阿龍一面穿鞋一面問我。我這才想起，大家將攤位上的東西搬進宿舍後就喝了起

來，所以腳踏車還放在學校。雖然去牽回來明天會比較方便，但我頭腦昏昏的，現在實

在不想騎腳踏車。

「用走的好嗎？可是這樣你還要走回來，很麻煩吧？」

「沒關係啊，我把車一起牽去。」

「不好意思。」

「都說沒關係了，不舒服的時候不要勉強比較好嘛！何況妳還喝了酒。」

阿龍很稀奇地用滑稽的語氣接著說，騎腳踏車也算酒駕唷！他是為了體貼無精打采的我吧！

這時間，學校附近還是比平常熱鬧些。校慶剛結束，今晚大家都在各自的場地舉辦慶功宴。我們從運動場邊走過，看到柵欄的那端焚著橙色的火。不知從哪裡傳來走音的歌聲，及吉他的伴奏聲。

「結束了啊！」

阿龍喃喃自語著。結束了呢，我又重複說了一次。我們走過一個個距離相等的路燈，隨著路燈一下遠一下近，兩人並排著的影子不斷伸著又縮著。

順著這種有規則的節奏，我自問自答著。該不該把今天下午的事告訴阿龍呢？該說、不該說，該說、不該說……是說了比較自然呢，還是壓著不要告訴他好呢？

「最近你的研究怎麼樣？」

苦惱很久，最後拐彎抹角地開了口。

話出口後，我才意識到自己的問法聽起來應該很唐突。不過阿龍似乎不特別在意，用一貫的口氣回答我：

「沒什麼特別。」

看來這個話題就此打住比較好，我卻忍不住又問：

「真的嗎？不是滿辛苦的嗎？」

「嗯，之前有學會所以很忙，不過結束後就和平常一樣了。接下來就是趕畢業論文啦！」

阿龍的語氣非常沉著，我有種難以言喻的心情。不知我是太急還是太焦躁，總之我被某種不明的力量催促著，一不留神又問：

「那你現在做什麼樣的研究呢？」

「怎麼說呢，也沒有什麼特別，就和平常一樣，東想西想的。」

這種模糊不清的回答，如果是從前的我不會特別在意，但今天我卻怎麼也無法接受。我心中的某處還期待著吧！我希望阿龍能親口告訴我「其實，我之前沒說過做研究很辛苦。偶爾還會被逼急，很遜吧？」我希望他至少能這樣告訴我，讓我知道他的煩惱。

美園告訴我的事，至今為止我從沒有機會好好問他，正因此，他也不曾對我說過，就連他去看醫生的事，也可能是怕我擔心而沒說。但，若我執意問他呢？若我對阿龍的研究及研究遇到的痛苦、困難表現出興趣呢？我一直堅信，如果有讓我說出口的契機，他一定不會對我隱瞞的。

我總算了解，數學對阿龍來說那麼沉重，超乎我的想像。他的個性原就難以捉摸，為了接近他，可能必須花上比對一般人還要多的時間。即便如此，我還是沒有放棄希望。最近，阿龍已經漸漸對我敞開心胸了；我認為他應該已經向我敞開了，所以當美園問我，阿龍是否有些不分享的部份時，當下我並沒有點頭，因為我當時覺得沒有這種事。應該說，我希望沒有這樣的事；至少，希望他對我不是如此。

這種想法實在太自以為是、太膚淺了。就算我們表面上很親近，我也始終無法進入他心中的那面牆。

對阿龍來說，我的存在還沒大到可以讓他對我坦承重要事情的程度。無論他多痛苦、多煩惱，能夠承擔這一切的人也不是我。我沒有辦法談論數學，甚至無法理解「醉心學問」這檔事。雖然我不想承認，但我真的辦不到。能夠支持阿龍的大概是其他人吧，是美園或研究室的其他同伴。

我越想，腳步越沉重。阿龍轉過頭，很擔心地問我：

「妳還好嗎？臉色很差吶！」

「沒事！」我語氣粗暴地回答。他越對我溫柔，我越難受。

「真的嗎？要不要叫輛車？」

「都說沒事了。」

我迴避著阿龍的眼神，簡短地說。我小心不帶情緒地回答，但卻成了強硬的語氣。

阿龍閉上了口。

沒事的，沒事的。

我一面在心中念著，一面繼續走。冷風從鴨川吹了過來，刺痛我的雙頰。

再一下子就回到家了，等我一個人時，再冷靜地好好思考吧！

8 屏障

上午，食堂很難得空蕩蕩地。為了校慶之後的打掃，今天學校停課。入口處只有零零散散的人，二樓更是人影稀少。

亞里莎坐在平時常坐的靠窗座位，手托著下巴，看著玻璃窗外。順著她的視線，幾個學生正在拆卸臨時搭建的舞台。

「妳昨天怎麼了？」

我在亞里莎對面坐下，她對著我說了和今早傳來的簡訊一模一樣的內容。

「我昨天很慘。」

我搖了搖頭。真的，我昨天一塌糊塗。

亞里莎聽完我的敘述，說了與昨天事情始末沒什麼直接關聯的感想：「妳是認真的呢！」

「我本來以為妳只是一時興起，因為妳不是喜歡新鮮嗎？沒什麼對錯，只是我以為妳過一陣子就會膩了。」

她故意用有些開玩笑的口氣，應該是為了幫我打氣吧！

「這種說法真沒禮貌。」

我也故意用開朗的語氣回她，然後望向窗外。人力搭建的舞台幾乎被解體了，露出的地面上散落著許多木片，還堆著裝得鼓鼓的垃圾袋。我望著這些令人心寒的殘骸，接著說，這次正相反呢！

「不知怎麼回事，我好像越來越喜歡他了。」

亞里莎瞇起眼，伸出手，碰觸了我的手。她纖細的指尖有些溫溫的。

我不是不懂亞里莎的意思，特別是剛認識阿龍時，的確因為他散發出的獨特氣質及「數學系」這個特別的經歷，感到有意思。他那種和世間保持一定距離的處世態度，讓我覺得有個性又新鮮。但諷刺的是，他那種保持距離的態度，現在卻讓我如此痛苦。

「沒什麼特別的」、「和平常一樣」這兩層屏障，擋在我面前。吃飯、睡覺都可以不顧，一個勁兒沉迷在研究中，叫做「和平常一樣」，弄壞身體還「沒什麼特別」，這是我無法想像的。美園也說，對某些數學研究者來說，這不算什麼。阿龍也是他們其中之一吧！在他那種難以捉摸的態度背後，也許抱著一種近似瘋狂的執著，為了證明一個算式，奉獻一生也在所不惜。

我現在能夠理解，當修治知道亞里莎在祇園工作時的心情了。當時修治是這麼說的。如果他沒問，所以亞里莎沒告訴他，那就算了，但為什麼她要睜眼說瞎話呢？這令他無法接受。

阿龍為什麼不告訴我實話呢？他不像是覺得昏倒的事很難啟齒、或怕丟臉才保密；而亞里莎為了自立而對修治說謊的原因，也無法套用在阿龍身上。

亞里莎當然不知道我在想什麼，只說：

「沒事的。」

她的話也太沒說服力了，我無力地點點頭。

「我說會沒事的啦！」

亞里莎提高了聲量，再重複一次，然後拉起我的手，上下搖了幾下。她那種確信的口氣，聽起來不像只是單純的安慰。我抬起頭。

「對方不過是數學嘛，人怎麼可能輸呢！」

「不過是數學……」

自從聽美園說了那番話之後，我根本說不出「數學」這個詞。相對於我的無法啟齒，亞里莎毫不猶豫就說了出來。

「不過修治對大腸桿菌也是這樣，所以我們不能輸喔！」

亞里莎比我之前見到時堅強了許多，上次我們的角色和這次對調。她露出勝利的微笑，看起來很耀眼。

「因為我比大腸桿菌更愛修治嘛！」

亞里莎說她和修治好好地談過了。兩人都率直地說出了自己的心情，最後決定要如從前一般繼續走下去。修治說，他不想和亞里莎分開，自己有時太專注於研究，或是因為研究不順利而沮喪，亞里莎卻願意和這樣的他交往，實在很辛苦，亞里莎一定很困擾吧，還說，雖然聽起來像是只為自己，但他還是希望能和亞里莎在一起。

「我之前一直很沒有自信。因為修治做研究不順利的時候，我什麼忙都幫不上，實在很難過。而且我覺得，我沒有能這樣熱中的事，所以無法理解修治。」

亞里莎緩慢地說著，也像在說給自己聽。

「不過，就算這樣也沒關係喔！」

就算這樣，也要陪在對方身邊，當修治快被吞噬的時候，好好支持他。

「對修治來說，做研究真的很重要，所以我不想把他搶過來。而且我原本就喜歡這樣的他，也包括他喜歡研究這一點。」

她問我，妳也是這樣沒錯吧？我點了點頭。

我喜歡的，是阿龍的全部。包括亞里莎之前說不知他在想什麼的那種冷淡態度，他獨特且欠缺生活感的言行舉止，還有美園用「數學狂」來形容他對研究的熱情，這些全部、全部都包含在我喜歡阿龍的原因裡。

「我不介意他對研究的熱情，對修治而言最重要的就是這樣的我，第二名才是大腸桿菌。妳也不要顧忌，對他說實話比較好吧？如果真的喜歡他，就要用力追過去。」

亞里莎用力地握著我的手。

「只要相信自己堅強的心就沒問題，信者得永生！」

「我知道。」

我只吐得出這幾個字。我深深地吸了口氣，讓聲音不至於顫抖，接著說：

「妳好像傳教的。」

「喂，太沒禮貌了吧！」

亞里莎笑得很開朗，她的四周像是綻放著光芒。現在追趕上去也沒關係，信者得永生。

「而且對方不是生物，比大腸桿菌好多了吧？」

「嗯。」

我皺了皺眉。想起在祇園聽到的事，怎樣都不覺得好。

「美園嚇到妳了啦！」

「我不這麼覺得。」

和說話尖銳的亞里莎比起來，我和美園比較像是同一國的。亞里莎當時不在場，可能無法想像，但美園看起來不像是故意把話說得誇張。比較像是想要幫助我，所以提供我適當的資訊。美園也說她會為我們加油。她說的那些和數學有關的、很嚴重的事例，我想是為了讓我當作今後的參考吧！

「對手很強喔，數學。」

「不不，大腸桿菌才強呢！」

講完這話後，兩個人都笑了。從廁所出來的學生走過我們身邊，露出不解的眼神。

「這到底有什麼好得意的？」

我們一邊笑著，亞里莎一邊用手壓著笑痛了的肚子。

亞里莎開始在祇園的店打工，好像是因為美園的關係。她說是被發掘的，我想應該是在新京極、或河原町一類的地方吧，結果她的回答讓我很意外。

「就是那個，中央校區不是有個貼打工資訊的公佈欄嗎？」

那個公佈欄，貼的是經由大學仲介的打工資訊，所以對學生來說非常重要。有家教、便利商店、餐廳及搬家、道路工程這類一次性工作，還有葵祭[1]的臨時演員、神社巫女等有點特別的打工類型。我也在那裡找過幾次工作。報酬好的工作總是很多人應徵，往往會有一番競逐。

暑假時，亞里莎為了留學的事想找兼職，所以在公佈欄前抄著筆記，此時美園叫住她。美園說，她工作的地方工讀生剛辭掉，正急需人手。聽到是祇園，亞里莎完全沒自信。美園說：

「不要看我這樣，我看人是很有眼光的，妳應該會適合這份工作。」

美園熱心地勸說，還說，她不會對不適合的女孩開口。

她的話聽起來滿可疑的。如果是在寺町通上，人來人往，牛郎打扮的男人說出一樣的內容，想必誰都會立刻拒絕。不過美園看起來不像壞人，又是在校內，所以就不那麼令人起疑。接下來就看時薪多少了，亞里莎接過她遞來的名片。

「妳是我們學校的嗎？」

亞里莎回答說不是，美園大力地點了點頭。

「難怪。我正覺得怎麼會在這樣的地方，遇上那麼優秀的人才，真想不到啊！果然，

1 每年五月十五日，京都下鴨神社及上賀茂神社所舉行的祭典，是京都三大祭之一。

會在哪裡相遇是說不準的呢！」

美園自顧自地表示贊同，還說，偶爾來學校看看果然是對的。

開始工作沒多久，就證明了美園的話果真沒錯。在祇園打工，意義上來說，可以接觸各種層面的客人，這點很符合亞里莎的個性。她原本的生活總是只偏向修治一個人，因此用亞里莎的話來形容，是往「健康的」方向發展了。亞里莎和一同工作的美園越來越親近，建議亞里莎和修治坦白的，也是美園。美園說，用說謊來勉強自己保持距離是沒有意義的，不與對方面對面坦誠不行。

亞里莎也是直到最近才知道阿龍和美園認識。

「我聽她說以前是數學系的，就想有沒有可能認識呢，結果還真猜中了。」

世界真小啊！特別是在京都這個城市中。許多事物，都存在著意想不到的緣份，因此各種不可思議的事情一不注意，都可能發生。

「既然這樣，妳應該早點告訴我嘛！」

我嘆了口氣。先不論美園當天和我說了什麼，至少，能夠避免那天見到她時的衝擊。

亞里莎沒有惡意地笑著說，抱歉抱歉，我腦中只有修治的事而已。

「我們一起加油吧！」

不知為什麼，和她握手道別後，我決定回家。我想先去牽放在學校的腳踏車，於是從西門離開，走上東大路。道路兩邊有許多折疊起來的帳篷，旁邊堆著折疊椅和桌子之類的。

美園曾提醒我，她覺得要和龍彥交往很困難。可能真是如此吧！至少目前，阿龍不會告訴我他自己的事，也沒顯露出想說的樣子。即便我試著想引出他的話，也很遺憾地失敗了。事實上，他根本不為所動。

不過仔細想想，搞不好我根本不需要那麼急。我們從夏天認識到現在，花了很多時間慢慢拉近距離。

回頭一想，我剛開始也很焦急。起初我完全不知道阿龍的事，完全不了解他，一個人煩惱著。但我還是克服了那些，辛苦地撐到今天。我腦中的資料庫，每日更新著有關阿龍的資訊，他那些溫柔的小動作，還有不知究竟是有意或無意的發言，都讓我覺得心中很充實。

我們一同踩著腳踏車時，他回頭轉向我的側面。

他和我約定要做出小花定理時，害羞的聲音。

他跟迷路不知所措的孩子說話時，沉穩的目光。

亞里莎好奇地問我，阿龍究竟哪裡好。我雖然覺得亞里莎怎麼會不理解，但也無法反駁。亞里莎不知道阿龍這些「好」的地方。

我了解阿龍。

章魚燒派對、煙火、校慶，還有其他我和阿龍一同度過的時間，他流露的表情、說過的話，這些記憶都是屬於我的。就算阿龍還有我不曾見過的部份，那也沒關係。對我來說，我用自己眼睛見到的阿龍，才是最真實的。

由於新的事實用很突兀的方式出現，才打亂我至今為止緩慢的步伐。我心中動搖了，急著想得到回答，但這是錯的吧！沒有什麼好擔心，沒有必要焦急，只要依照至今為止的速度一步步穩穩地往下走，總會有一天能夠跨越阿龍前方的那面牆。

我經過百萬遍十字路口，穿著風衣的校慶執行委員們正在過馬路。他們四個人像扛擔架一般，扛著放在石牆旁邊將近一整個月的巨大黑色看板。

一不做，二不休

燈號轉為綠燈。我心中升起了一股勇氣，憑這股氣勢，踩下了踏板。

隔天上午，山根打電話來。

「身體還好嗎？」

「已經沒事了。不好意思啊，讓你們擔心。」

「沒關係啦，恢復了就好。聲音聽起來也很有精神啊！」

他說，再舉辦一次吧，慶功宴。

「妳幾乎都沒喝酒不是嗎？讓妳做那麼多工作，我們不好好報答不行啊！今天晚上有空嗎？」

「我是沒問題啦，不過大家昨天都喝過了吧？每天都喝不累嗎？」

「不會不會，妳不要在意我們啦！」

山根回答得很乾脆，但他果真沒說謊，當天晚上，每個人都喝得比平常多。一開始，我每次望向阿龍，就會想起美園說過的話而感到不安，但沒過多久，我也越來越開心了。

「好，我們跑上大文字山吧！」

安藤蓄勢待發，此時已過午夜。房間中滿是喝完的空瓶罐，滾來滾去的。酒量很好的安藤，今天看來也喝得很醉了。

「都流汗了，就去吹吹風嘛！」

他眼神迷離，沒來由地做了這個怪提案。

「不管你多強壯，還是會凍死的啦！」

「還是不要比較好吧！」

如果是在舉行「五山送火」的夏季也就罷了，但現在這種季節，還是大半夜，山道上就算積了雪也不奇怪。我們三人想阻止他，但他突然開口：

「你們這樣還算男子漢嗎？」

山根和阿龍同時轉過來看著我，苦笑了起來。

「搞不清楚你在說什麼，真是麻煩的傢伙啊！」山根嘆了口氣說。

阿龍開口問，那小花怎麼辦？

「妳如果要回去，我就送妳到半路吧，總不能叫妳在這裡等我們。」

「那我和你們一起出門吧，我自己回去。」

「妳要回去？」

安藤紅通通的臉皺了起眉頭，眼神很鎮定。我連「因為我又不是男子漢」的藉口，都被他壓得說不出來。

「小花也一起去嘛，不過是走一走而已，慢慢走也爬得上去啦，沒問題的。」

「你不要連小花都拖下水啦！」

「能做這種莫名其妙的事，是學生的特權啊！」

面對勸說得口沫橫飛的安藤，阿龍只能用吃驚的表情瞪著。

「這沒意義吧，而且太危險了，會遇難的。」

「小花是女生，都快出社會了，不能陪我們做這種莫名其妙的事情啦！」

山根平靜地接著說：

「而且，小花願意和我們這樣的傢伙做朋友，我就已經很驚訝了。」

不知為何，他突然轉移了話題。我完全不知該怎麼回答。難不成，山根也喝醉了？

「也是啦！」

安藤突然失了氣勢，沮喪地垂著頭。

「再怎麼說，我們是不同世界的人啊！時髦帥氣的文科，和我們俗氣又不受歡迎的理科。」

他的語氣自艾自怨了起來。

「才沒這種事呢！」

「而且還已經找好工作了。不像我們整天只窩著做研究，完全不知道怎麼愜意地享受大學生活。小花沒辦法陪我們做這種事的啦！」

「我說了沒這種事，不要說奇怪的話。」

無論我如何忙著地否認，他們都不願意面對我。為什麼會變成這樣呢？我完全搞不清楚狀況。

「我要出社會工作，不是因為有什麼特別想做的事情，我才羨慕你們能專心做研究呢！」

我的語氣和內容相反，聽起來好像帶刺一樣。安藤低聲地「嗯」了一聲，也不知他到底有沒有在聽我說話。

「小花可能不太了解我們的心情吧！」

連山根都這樣說，我只覺得全身無力。

「可能吧！」

我並非對著任何人回答，只是喃喃自語。但我卻覺得不可思議，自己好像的確有這種心情。可能真是如此吧，也許我和大家是生活在不同世界、不同類型的人，心靈相通什麼的，搞不好從一開始就太勉強了。我和安藤、山根是如此，和阿龍也是。

消極的心情，漸漸佔領了我的心。忍無可忍下，終究說出了不必要的話。

「不過你們才把我當成笨蛋吧，不是嗎？」

話出口的一瞬間，我立刻後悔，但太遲了。一將心情吐露出來，就無法抑制。

剛剛安藤說我愜意地享受大學生活——我把他們當朋友，結果卻被這樣看待。

「你們一定覺得我做什麼都很隨便，都半途而廢吧！」

我的聲音像快哭出來，因為很不甘心，原來一切都是我搞錯了。我本來想慢慢接近大家，但果然還是有我跨不過的牆，我不知道解除屏障的密碼。

安藤沒有回話。坐在我們中間的山根，戰戰兢兢地看著左右兩邊。我沉默地低著頭，看著褪了色的塌塌米上冒出的鬚鬚。
「你們今天都喝太多了。」阿龍靜靜地說。
突然之間，我感到一股寒氣。
「我要回去了。」
好冷，這兒實在太冷了。阿龍把手放在我的肩上，我裝作沒看到，慢慢地站起身。
我離開時，轉頭看了一眼，安藤還低著頭。日光燈如此明亮，將整個房間罩上了一層白膜。

9 扭曲

我們每年的專題課，都會用相撲火鍋[1]來收尾。

一年的課程，大約會在十二月上旬結束。因此專題課的最後一堂，會早一步訂在月初。一整個下午都用來開發表會，會後按照往例舉辦年末尾牙。場地也早就選好了，是位於一乘寺附近，教授很喜歡的一家店。而且照例由小剛擔任幹事，預訂了店內的和室宴會廳。

宴會廳中排著兩排細長的桌子，專題課約三十位學生，幾乎滿座。我們大四學生本來課就很少，所以沒什麼感覺，但學弟妹們即將迎接寒假，心情浮動了起來，忙著討論

1 鍋料理的一種，原是為了培養相撲力士的體格而製作的料理，因此份量大、內容食材豐富。

假期和耶誕節。火鍋和酒精的熱度籠罩全場，人數又多，因此房內異常悶熱。

大四的學生們，話題果然繞著找工作的事打轉。

大家各自滿腔熱血談著未來，氣氛也漸漸熱絡了起來。小剛和平時一樣，總是成為話題中心。

「會被分派到哪個部門啊？」

「什麼時候搬家？我上次和同學在說，不知道住在東京的哪裡比較方便。」

我專心地吃著東西，因為沒什麼特別想說的。我應徵的是公司裡的特定部門，所以一拿到錄取通知就決定去向了，而且也想好明年四月開始搬回家住，通勤上班。那些關西出身、已經找好工作的同學，兩個月會召開一次餐會，我也幾乎沒參加。

過了一會兒，比我們低一個年級、即將開始找工作的學弟妹們，湊過來我們桌邊，大約十來個人吧，就這麼開起了座談會。

「要怎樣才能順利找到工作呢？」

「嗯，首先最重要的，應該是好好考慮自己想做什麼吧！」

和我同年級的其中一人，用前輩的口氣，擺出架子回答道。

「還有，要有好體力，還需要些秘訣吧！」

坐在隔壁的小剛也接了話。不知誰從旁插了一句「還要面帶微笑」。大三學生們非常認真地聽著。

「就算遇上討人厭的面試官，也必須微笑著撐下去，偶爾會有些老伯之類問些莫名其妙的話喔！」

「好像很辛苦呢！」

「是啦，不過也能學到很多，都是在學校裡接觸不到的經驗喔！」

有幾個人大力點著頭。

「不過，要怎麼知道自己想做什麼呢？」

「現在可能一下想不出來，但漸漸就會懂啦！」

「會那麼順利嗎？」

對於感到不安的學弟妹們，小剛開玩笑地瞎攪和著說，你們看啊，連這傢伙都找到了不是嗎？

「所以，試試看就知道啦！」

「你講什麼啦，你知不知道我花了多少心血啊，而且你自己之前還不是很沮喪。」

被揶揄的那方，臉紅脖子粗地應戰，引起了一陣笑聲。

自己想做的事。

我找工作的時候，也認為即使是我也了解這一點。我參加了許多面試，也重複說過十幾次自己的志願及動機。說著這些不曾講過、冠冕堂皇的字眼的我，起初覺得很迷惘，而且很不好意思；如果是一對一的面試還好點，參加團體面試時，我總是很在意周圍人們的眼光。不過人有適應能力這點還真好用。我記得到了最後時，我甚至能盛氣凌人地面對空氣對答如流，還加上極富感情的抑揚頓挫。

找工作的過程中，我漸漸了解自己想做什麼。去年，學長姊也是這麼教我的，他們的忠告，我想不會有錯。

我的確漸漸有了心得。不過問題在於，也有再度搞不清楚「想做的事情」的例子吧！而且這種可能性，至少就我的情況來說，沒有人提醒過。不知不覺地，我已經迷失了，甚至找不到自己一路走來的足跡。

黃金週假期[2]的聚會上，我和對未來充滿鬥志的同期同事齊聚一堂時，突然感覺到有什麼地方不對勁。不是我對公司及前輩們的期待不同，該說是燃燒殆盡嗎，還是我已經失去氣力？也許只是常見的現象，就像新環境症候群或婚前症候群一類的症狀；也許只是心態放鬆了，所以多愁善感起來，一旦真的開始工作就沒事了。不過，除了我以外，所有人都看似沉溺在閃亮亮的幸福中，我因此感到沮喪。

我口渴了，想點杯啤酒來喝，因此把手伸向服務鈴。卻差那麼一點按不到，此時在我隔壁的同年級女生幫我按了鈴。

「謝謝。」

我對她說，結果她的反應出乎我意料。

「對了，你們的章魚燒攤位好玩嗎？」

「嗯？」

「校慶的那個啊！」

這女孩用輕快的關西腔說著，她的唇上沾著油脂，閃閃發亮。

「我第四天有過去看喔，不過妳不在。」

這件事我第一次聽說，那三人完全沒有提起。她可能是在我去祇園的時候來的吧！

「旅行呢？」

「我們那天中午左右回來的。溫泉很好玩，妳沒來真是太可惜了。」

她說因為好不容易早點回到京都，所以想見見「最後的」校慶。「最後的」這個關鍵字，在我們之間成了流行語。

「不過我嚇了一跳，那家店和妳的氣質完全不合嘛！如果小剛沒告訴我是那一攤，我絕對猜不到。」

---

2 指四月底至五月初，由多個節日組成的假期，約一週左右。

我沉默了。她雖然不是惡意，但老實說，少了點細膩的心思。若不是這樣，文科也不會被其他學系的人用半開玩笑的語氣說「很排外」或「歧視人」。時髦帥氣的文科，和俗氣又不受歡迎的理科。安藤對我說過的話，突然掠過我的心頭。

那天離開的時候，是吵了架走的，我和安藤及其他兩人就此再沒聯絡過。每次打工時，都被知道實情的陽子慫恿著快點去道歉。再怎麼撐也沒用，男孩子在這種時候總是很頑固，所以我也覺得最好由自己出面。

我知道，沒有什麼比快點和解來得好。時間拖得越長，對兩方來說都越尷尬。我雖然感覺到越來越採取不了行動，但還是沒有跨出第一步。

雖然知道掉眼淚是違背原則的，也反省了，但那天狀況變得如此彆扭也不是我一個人的責任。不管喝得多醉，安藤那天都太過份了。他平常那麼親切，那天卻像變了個人似的鬧起情緒來，還執拗地逼問我介意的事。就算這次勉強和好，也解決不了根本的問題；即使表面上修補好了，也會再次爆發同樣的爭執吧！在我還沒整理好思緒前，似乎不要動作比較好。

我正東想西想時，對面的男孩子突然插話，說：「她超慌的！」他可能因為喝醉了，聲量和動作都很誇張。

「這傢伙那天突然在攤位前大喊：『這完全不像小花！』」

「因為，實在太俗氣了，令人無法想像嘛！」

「不過妳聲音也太大了，顧店的人看起來不太高興喔！」

「是這樣嗎？」

突然覺得右手拿著的酒杯變得好重，我把才喝一口的啤酒放回桌上。

「他一定有聽到，因為他看了這裡一眼啊！我還很擔心他如果氣得跑來打我們該怎麼辦，因為他看起來又兇，又很有力氣的樣子。」

「不過他有好意告訴我們說小花現在不在啦！」

這兩人微笑著，說章魚燒很好吃。

看起來又兇，又有力氣。

不過令人意外的是，又很親切呢！

我又口乾舌燥了起來。我口中含著的啤酒，氣泡沒了，喝起來又溫、又苦。

隔天上午，我立刻動身前往宿舍。早上天氣轉涼了，我奮力踩著腳踏車踏板，迎面而來的風吹得我耳朵好痛。川端通上的行道樹早已落光了葉片，尖尖的樹枝朝上插入天空的陰霾中。

事到如今，就算再著急也沒用，但我越踩著踏板，越無法克制自己的心情。總之，我得快點向安藤道歉才行。原本想昨晚就去見他的，但宴會結束已經十二點之後了。

到達宿舍時還不到十點，我把腳踏車停在門口，沒上鎖就直接往玄關去。櫃台老伯看著氣喘吁吁的我，眼神像在觀察什麼奇妙的生物。

遺憾的是，安藤已經出門了。

「他平常大概都是九點出門的。」

我原本以為這個時間來他會在，看來我太天真了。理科的人果然不一樣啊！我們學系的校舍上午總是沒什麼人，何況是這樣寒冷的日子。

「請問他幾點會回來？」

「不知道呢！」

他似乎每天回來的時間都不一定，所以老伯也說不準。我灰心地說了句「原來如此」，老伯安慰我：

「妳辛苦了啊！」

他今天一反常態地心情不錯。我什麼都沒問，他還特別告訴我山根也不在，現在只有阿龍在房裡。

「謝謝。」

我決定見了阿龍再回去。最近我常和阿龍錯身而過，因此很高興今天能見到他。我填寫來訪紀錄簿時，老伯一面若無其事地說著：

「他最近不知怎麼了，總是關在房間裡啊！」

我不禁停下了筆。老伯以為我寫好了，正想把記錄簿抽走，我急忙搖了搖頭，繼續寫。可能因為太心急了，鉛筆字寫得歪歪扭扭的。

穿過寂靜的走廊，我往裡面走去。我知道阿龍的房間在一樓最裡面，但以前在宿舍聚會時一向是在山根的房間，所以一次也沒進去過。

我在破舊的房門前做了個深呼吸，敲了敲門。但好像力道太小了，所以又握緊拳頭敲了第二次，木頭粗糙的觸感仍留在我的手背上。

「請進。」

房內傳出阿龍的聲音。我握了門把，慢慢地轉開。

首先映入眼簾的是正面的窗戶。闔上的窗簾露出一道縫隙，射進一縷光線。從我站的位置，看不到房間的全貌。我好不容易將浮躁的心情安定下來，再次調整呼吸。再怎麼說，這可是我第一次踏入阿龍的房間。說「感慨」，可能有點太誇張，但湧上我心頭的，的確是類似的心情。

我緊張興奮地往裡面窺探，看到了阿龍的背影。他盤腿坐在靠近牆邊的桌前，面對著電腦。房中沒有開燈，螢幕的光在黑暗中顯得非常明亮。

過了一會兒，他沒有要回過頭的意思。我膽怯地出聲：

「阿龍。」

他肩膀微微震了一下。阿龍將上半身往後轉，面朝向我，露出驚訝的表情。

「怎麼了嗎？」

「不好意思，突然來打擾。好久不見。」

沒關係的，阿龍說，然後將整個身子轉向我。他保持著盤腿的姿勢，靈巧地轉了半圈過來。

「真的好久沒見了，妳坐吧，沒有坐墊不好意思啊！」

我往前走了幾步，到房間中間坐下。我不太會盤腿坐，因此把腳側著跪了下來。

阿龍拉了從天花板垂下的日光燈拉線，室內亮起白色的人工光線。這間房間不只沒有坐墊，其他東西也很少。不是因為整理得很整齊，應該說是擺設很簡單；講得更正確一點是空蕩蕩的，讓人覺得單調乏味。除了桌子外，傢俱只有小冰箱和舊型暖爐，連書架都沒有。數學專業書籍隨興地堆在這間兩坪多大小房間的角落，到處都像會發生小山崩似的。這裡和山根的房間格局雖然相同，但感覺起來卻有兩倍寬敞。

「好像有點暗啊！」

我正仔細地觀察室內，阿龍先開了口：

「上次不好意思啊！」
我急忙搖了搖頭：
「我才是，擅自態度激烈了起來，真抱歉。」
「別看安藤那樣，他酒品不好的。」
阿龍苦笑著。他看起來有些消瘦，頭髮看起來比平常凌亂，上身穿著的毛絨衣看起來也鬆垮垮的，嘴邊有著淡淡的鬍鬚。
「因為他平常很好強，所以很少會那樣大鬧。不過他已經反省了，妳就原諒他吧！」
據說安藤強烈表示要自己先道歉，之所以一直沒有和我聯絡，是因為「不知道要用什麼樣的表情來面對」。我腦海中浮現的，是酒醒後的安藤，抱著頭懊惱的模樣。
「我如果告訴他說小花來過了，他一定會很高興。」
太好了。正想開口時，突然響起沒聽過的的電子聲響，「嗶」的一聲。阿龍看了電腦，好像是什麼作業系統結束了，可能是在寫程式之類的吧！
「妳先等一下啊！」
阿龍看了一眼畫面，低沉地「喔」了一聲，然後打了幾個鍵。
「你慢慢來。」
我又看了一遍房間四周，嘆了口氣。我終於有機會來到阿龍的房間了。阿龍面前那道不得已而築起的高牆，搞不好我終於跨越了。光是能夠和他如此靠近，我就已經感到很開心。

阿龍一直注視著電腦。仔細一瞧，原來他桌上不只擺著筆記型電腦，還散落著書和筆記。那些筆記，其實只是傳單背面、報告用紙、小紙片一類的東西。厚重的參考書中，夾著許多便利貼，往四面八方竄出頭來。阿龍拉過其中一本，口中念念有詞，繼續對著電腦敲打鍵盤。看來我似乎不用擔心會干擾到他。我今天沒有其他的事，所以決定在旁邊等他的工作告一段落。只要這樣坐著，不必交談我也很滿足。

阿龍不間斷地一直打著鍵盤。他基本上是用兩隻手打鍵盤，偶爾用左手靈巧地翻開書本，然後「嗯、嗯」地點著頭，敲打鍵盤的右手始終不曾稍停。

我漸漸覺得腳麻了起來，於是將兩隻腳往前伸展，還好今天沒穿裙子來。我揉著小腿，望著阿龍蜷曲的背影。果然，他比之前瘦了些。也許是我心理作用，覺得他的臉色很蒼白，搞不好他沒什麼吃飯。

正當我東想西想時，阿龍的手突然停了下來。

啊，他要轉過頭了吧？

我迅速坐直，將不禮貌地往前伸直的兩腳併攏縮起來，抱在胸前。

阿龍沒有轉過頭來。他的手往房間角落成山的書堆伸去，抽出一本大尺寸的資料夾，很快地找出要用的頁面。我失望地又將腳放下，從皮包中拿出手機。不知不覺，已經過了很久了。

阿龍是不是已經忘記我的存在？不，我就坐在他身後，他怎麼可能忘記？我應該下定決心向他開口嗎？如果他沒反應，我該怎麼辦？

正在躊躇時，阿龍將資料夾隨手丟下，動了動肩膀，伸展了起來。看來他總算做完了。

我鬆了口氣，正想向他開口，結果他一按摩完脖子，臉又湊上螢幕。

阿龍果然已經忘記我的存在了吧！

我又看了手機，時間走得很緩慢，我猶豫著是不是該回去。我原就打算為了見到安藤，今天晚上再來一次，應該還會見到阿龍吧！不過，那應該會在山根的房間集合，這麼一來，下次不知何時才有機會再跨進這個房間。

果然，還是應該試試向他開口。我抬起頭，正想開口時，突然響起了「喀躂喀躂」的激烈聲音。阿龍就像被什麼上身了一樣，用飛快的速度連連按著計算機。我原本想說的話這下卡在喉嚨，像是噎住了一樣。

他被數學附身了。

我耳邊響起美園說過的話。美園說，他只要一開始思考數學，就會到數學的世界去，暫時回不來了。

阿龍專注地動著手指，力道之強，鍵盤好像都快壞了。

的確美園也說過，一般人是無法理解的。

阿龍的手總算離開了鍵盤，這回握起鉛筆，在一份好像是論文的印刷講義上振筆疾書，做著筆記。有時側著頭，用鉛筆的後端在桌上敲著。

一般人，是無法理解的。

他用鉛筆敲桌子的聲音，漸漸強了起來，速度越來越快。阿龍看起來很焦慮，用左手抓了抓頭。我心情黯淡，總算明白阿龍已經忘記我的存在了。

阿龍手邊的筆記紙輕輕飄往空氣中，在塌塌米上滑過，落在我的手指附近。不只我，現在數學以外的事物，已經完全被拋在阿龍的意識之外。阿龍的世界只限於桌子四周、直徑一公尺以內的地方。我伸手撿起那張飛落的紙片。看起來像是從筆記本上撕下來的紙，邊緣破得參差不齊，正面反面都被數字及英文字母佔滿。

我不是不知道，阿龍對於「數」的感覺異於常人。好比他會數著章魚的腳或攤販的數量，還會計算菜單上標示價格的數字，聊天時，也時常出現與數學有關的話題。從前每當這種時候，我就會想：「數學系的果然不同啊！」不過，至今為止我所見到的特殊言行，原來只是一小部份而已。加法、乘法這類單純的四則運算對阿龍來說，只不過是數字遊戲吧！我用指尖碰觸紙上那些從沒看過的記號。可能因為他的筆觸有力，紙張被寫得凹凸不平，鉛筆的鉛印沾在我的手上，留下黑黑的痕跡。

原來我見過的，只是冰山一角，水面下還沉睡著多大的冰塊，我幾乎無法知道。就算我從美國那兒聽過，也不曾有過實際感受。

冰箱「嗚——」地低吟著。

阿龍這下放棄了動作，把手肘頂在桌上。我則動彈不得，只能屏息守候著他。阿龍放慢動作垂下了頭，又抱著頭。他原本放在下巴的手掌遮住耳朵，用力地搖晃著頭，好像在說「不要不要不要」。

實在看不下去了，我別過頭去。

不知何時，暖爐不再吹出溫熱的風，煤油用盡的顯示燈忽明忽暗地亮著。我看了看包包裡的手機，剛過十二點，突然覺得肚子餓了起來。對了，我從早上到現在什麼都還沒吃，因為匆匆忙忙趕著出門。

好吧！我下定決心再等三十分鐘，只等三十分鐘，如果阿龍始終沒有回頭，我就放棄了，到時我就堅決地離開，之後再來。我已經坐在這裡超過兩個小時，一直煩惱著究竟該不該離開，也忍耐到了極限。焦急地等下去是沒有結果的，何況肚子餓了。我硬幫自己找理由，卻快要撐不住，心中強烈地想著：我要回家、要回家。

十二點二十五分。

毫無預警地，阿龍突然從那個世界回來了。他像剛才一樣把身體轉過來，開口說：

「不知道安藤幾點才會回來啊？」

我當下沒有反應過來，這句話和兩個半小時之前的對話是連貫的。

「妳怎麼了？」

面對嘴巴半開、動作靜止的我，阿龍呆呆地問著。他好像完全沒注意到這其中的時間差。

我感到一陣陣頭痛，下意識地將手放在額頭上。阿龍竟然這樣輕易就跳過了中間的這段時間。他忘記吃飯、忘記睡覺的傳言，我到現在才真切體會到。由於我等太久，很累，這份真實的感受又更加沉重，排山倒海地朝向我強壓而來。

「那我晚點再過來。」

我只說得出這句話，然後站了起來，走近門邊時失去了平衡，腳步有些蹣跚。

「不好意思打擾了。」

我伸手靠近門把，一面說道。跨進這房間時，我也說了同一句話，但這回，我發出的聲音完全不同。

而且，還有一個很重要的差異。這次阿龍沒有回我。我轉過身，看到他又再度背向我。

我蹣跚地穿過走廊，離開玄關，甚至無法提起勁和管理員老伯打招呼。

我原以為已經突破那面屏障了。

突然一陣風吹來，我縮了縮身子。這陣風，比早上的更強了。

10 耶誕節

街上各處都響著〈聖誕鈴聲〉的旋律。

十二月中旬之後，人們忙碌地四處奔走，不愧是日文中稱作「師走」[1]的月份，熱鬧活潑，但我卻覺得煩，甚至覺得耶誕季節一點都不美好。再怎麼說，一個人度過這樣的季節都很痛苦。

自從上次到過阿龍的房間後，我再也沒見過他。

那天晚上，我和安藤和好了。我們在山根的房間，面對面、小心翼翼地和對方道了歉。

1「師」指僧侶，從前僧侶們年末四處讀經、為了佛事而繁忙的模樣稱為「師走」，引申為十二月的別稱。

阿龍那晚不在。

「我問過他，但他好像很忙。」

「很忙？那傢伙最近總是不太理人啊！要不要再叫他一次？」

「不了，我想叫了也沒用吧！他回都沒回。」

我說，今天早上也是如此。他們兩人對看了一眼。

「龍彥偶爾會那樣，他不是故意的，原諒他吧！」

「這種時候，只能暫時不理他。」

我也這麼想。阿龍全身上下散發著一種詭異的能量，有種靠近他就會被拒絕在外的氣勢。一不留神踩進去的話，似乎會受傷。我不是怕受傷，只是無法靠「喜歡他」這種單方面的衝動踩進去；但要強行拉他出來，又一定不會成功。

「我們會好好看著的，等他狀況比較穩定再通知妳。」

安藤雖然拍著胸脯說「交給我吧！」但到現在還沒聯絡我。阿龍是不是還關在房間裡呢？有沒有偶爾出去走走，轉換心情、喘口氣呢？有沒有好好吃飯？他的研究，問題解決了沒呢？

待在家中就會一直胡思亂想，所以我盡量把行程排得很滿。不想獨自度過耶誕節、年末和新年，我想是世界共通的人之常情吧，所以很幸運地，十二月有很多活動。尾牙、耶誕派對，且餐聚和聯誼舉辦的次數非常多。我還增加了打工的排班，因為耶誕節前是最忙碌的時期，所以陽子很開心。

某日，我整天待在 soleil。最後的客人離開時，已經超過八點。我送客人離開，順便把招牌搬進來，此時正巧下起了雨，我急忙把門關上，陽子突然喊我：

「小花，現在有空嗎？」

陽子的表情和平日不同，很凝重，我感到不安起來。

今天從上午開始，陽子就不太對勁。就算熟客和她說話，她也呆呆的，一下忘了給對方收據、一下又把零錢掉在收銀台上，一副失魂落魄的樣子。我本來想，可能因為上星期才從國外採購回來，太累了，不過這不像陽子，她每次旅行回來總是更興奮。對了，她沒提過這次帶回哪些戰利品，我默默地猜想，可能是沒買到什麼好東西吧！

「怎麼了？」

我問她。陽子低下頭，把兩隻手放在櫃台上，好像在檢查指甲上的指甲油一樣。她很認真、很謹慎地看著，好像指甲油還沒乾，不敢隨意亂動，否則整個指甲就毀了。過了一會兒，她緩緩地抬起頭，身體往我這邊傾，開口說：

「我想……暫時把 soleil 關起來。」

我張著嘴，愣住了，站在原地不動。

「不好意思，嚇到妳了。不過其實我以前就這樣打算了。」她說，想把店收起來然後去倫敦留學。她想到二手衣的聖地去學習時尚，老闆總算接受了她的請求，允許她去。

倫敦、留學、老闆、允許，這些詞傳進我耳中，立刻就分解開來，成為無意義的字串。我想說些什麼，卻說不出任何一個字。

「別看我家那個人那樣，他很怕孤單的。」

陽子稱老闆為「我家那個人」。

「什麼……時候？」

我總算吐出話來了。勉強擠出來的這句話，聲音很沙啞。對於老闆和陽子之間的關係，我雖然也很驚訝，但想先確認更重要的事。

「過完年之後。」

「過完年後？」

我這回的聲音像是悲鳴。

「不好意思。」陽子又說了一次：「本來想等妳畢業的，不過想他在改變主意之前做出決定。」

說是想在那邊開始新的一年，所以時間上剛好，雖然有點倉促，但下定決心早些出發比較好。

陽子侃侃說著，看來這個計畫已經醞釀很久了吧！我明明知道應該祝福她，卻率直地說出心聲：

「好孤單喔！」

「不會啦，在妳畢業之前，我還會回來一次。」

陽子向我保證。她憐惜地望了店內一圈，我也看了看四周。木製的櫃台留有許多細小的傷痕，上面放著中古收銀機，架子上重重疊疊放著針織衣物。我很喜歡的衣架模特兒，今天穿著高布林織錦[2]花樣的外套。我心中一陣澎湃，這些見慣了的店內景色，突然就要成為再也無法重溫的記憶了。

「不是關店喔，只是停止營業。」

陽子爽朗地對著沉默的我說。她說，打算一或兩年後，搞不好更早一點，再回到這裡繼續營業。

不過那時候，我已經不在這個城市了。

「妳三個月之後就要去上班了吧？所以不要再打工，盡情去玩比較好吧？開始工作

---

2 十五世紀時，巴黎的高布林家族專為王室製作織錦畫，因而聞名。

以後，就沒有自由的時間了。」

也是喔，我順著陽子的話，但還是想哭。最近我總是很愛哭，真糟糕。

「我也要暫時從京都畢業了呢！」

到倫敦留學，是陽子從學生時期以來的夢想。她總算說服了很難勸說的老闆，得到老闆的理解。

「陽子不會覺得孤單嗎？」

我不禁這麼問，陽子毫不猶豫地說怎麼可能！要和戀人分離，還要到不熟悉的國家展開新生活，怎麼可能不會不安？

「我家那個人，一直支持我到現在。」

已經好幾年了，他們總是相伴相依，有困難的時候彼此幫助。不過，陽子心想，該是時候到外面的世界去看看了，甚至覺得，現在的他們必須要有這樣的變化。

「也不是說我們流於形式了，只是覺得這樣下去，會每天重複著一樣的生活。我還不到該過悠閒生活的年紀，所以想到不同的環境去磨練自己。」

陽子燦爛地笑著。

「真了不起！」

我一面附和，一面感到很真實。我要如何才能擁有這樣的自信呢？對現在的我來說，就連東京都覺得遙遠，看起來霧茫茫的。外面的世界、不同的環境，離開如此舒適的京都後，我究竟該何去何從呢？

「看我一副大言不慚的樣子。」

陽子有些害羞地說，接著把話題岔開。

「不過時間過得真快啊！妳第一次到店裡來，已經是三年前的事了吧？還是四年？」

三年半了，我回答道。我對這段時間的份量感到驚訝。三年半，也算不短的時間，三年半之後，我會在哪裡、做著什麼樣的事，我完全沒有頭緒。

「沒有什麼是不會改變的。」

陽子感慨地說道。

「不能一直停留在這裡啊！」

我點了點頭。沒有什麼是不會改變的，也無法就這樣讓時間停住。雖然偶爾會覺得很殘酷，但這是真真切切的現實。

「唉呀，不要露出那種表情嘛！這樣就不像小花了。」

我沒有回話，而是嘆了一口氣，望向櫥窗。雨點在玻璃窗上畫出複雜的圖樣，對面的風景滲在圖樣上。

「這樣的天氣，的確令人鬱悶。」

陽子也看了看窗外，皺起眉頭繼續說：

「就算想打扮，也可惜了好衣服和鞋子。不過，我反而會特地在這樣的日子穿上鮮豔的顏色及花樣喔！」

陽子今天穿著深粉紅色的針織洋裝，衣領及五分袖的袖口附近，散落著細小的刺繡花樣。這是法國設計師獨一無二的作品，之前曾經陳列在店裡，但陽子立刻被吸引住，自己留了下來。

「憂鬱的時候，得特意讓心情更好才行。妳有注意到嗎，妳最近穿的衣服，顏色都很素喔！」

陽子說我最近老是穿黑色、藏青色、深褐色等，我低頭看了看自己身上的衣服。黑色高領衣，配灰色毛料的柔軟寬口褲。這兩件穿起來都很舒服，我很喜歡，不過搭配在一起，顏色的確很暗。我甚至忘記戴些飾品來增加一點變化。

下雨的日子、容易消沉的日子，必須有意識地讓心情變好。

我以後會多注意這點。在soleil工作的日子沒剩多久了，我要多花些巧思，穿上適合這間充滿明亮色彩店面的衣服。

我們接下來沒什麼交談，把店內收整齊後，陽子穿上兔毛披風、我穿上深綠色千鳥格紋短外套，離開了店裡。雨雖然停了，但接著而來的是真正的冬天。京都的冬日不是普通的寒冷。我在脖子上一圈圈捲上圍巾，然後卸下冰透了的腳踏車鍊，口中吐出的氣息，白得特別鮮明。

「倫敦應該也很冷吧！」

陽子自言自語地說著，她的聲音，在凍結的夜裡響起。

耶誕夜前一星期，丸太町的某間俱樂部舉行了一場耶誕派對。

這家店位於半地下室，才打開門就被一陣音樂包圍。我在節奏輕快的曲子聲中，一面搖著肩一面沿著狹窄的通路前進。可能因為是放假期間，或是特別來賓陣容龐大，店裡的人很多。明明不是周末，店內客人卻大半都是學生或貌似打工族的年輕人，每個人都有各自的時尚，看得出各自的品味。在這樣的地方觀察他人的打扮，是很有意思的。每個人散發出的氣息，流洩在這不同於日常生活的舞台上。

好久沒在這種大型活動中露面了。我東張西望，果然找到了認識的人。小剛和其他朋友都來了，亞里莎也剛結束打工，繞過來這裡。

「小花，welcome！」

我這陣子和小剛的關係不太好，他卻很高興地迎接我。我故意滑稽地鞠躬說：「久違了。」小剛也用演戲般的口吻回答我：

「我們一直都是小花的夥伴啊！」

「你在講什麼啊？」

我雖然嘴上這麼說，但覺得有精神多了。

我和幾個認識的人用眼神示意，然後往舞池走去。想在這裡聊天很難，音樂實在太吵了。這裡不是為談話而設的場所，是跳舞用的；只要置身在熱烈的氣氛中，身體自然就會動起來。我又喝又跳。燈光、音樂從我身上注入，讓我覺得自己像被這個世界祝福著。原本附著在我體內體外、各式各樣的沉澱物，好像都被洗淨了。就算是錯覺也好，我希望多多少少能得到洗禮。

漸漸地，周圍的人事物開始旋轉，我想出去透個氣，因此將手貼緊牆壁，沿著狹窄階梯搖搖晃晃地往上爬。

一吹到冷風，原本想吐的感覺立刻止住。我想可能沒事了，不過腦袋深處還有股鈍鈍的痛，所以到旁邊公車站的長椅坐下。一開始我還覺得奇怪，公車怎麼都沒來，仔細一想，早就過了末班的時間。我怎麼連這麼基本的問題都搞不清楚，這可能是喝得太醉的證據吧！正面入口的樓梯不斷有人進進出出，也有人走上來後直接坐在路旁，可能是和剛才的我一樣，出來呼吸新鮮空氣吧！

大約三十分鐘後，我剛出來時熱得發燙的身體總算開始感到寒冷。差不多該進去了，正想站起身時，有個人影從出口處現身，向我走近。

「小花。」

原來是小剛。

「累了嗎？」

「嗯，我剛休息完。」

「裡面好熱喔！」

小剛用手搧著風，在我右邊坐了下來，我往旁邊移了一些。小剛從口袋裡拿出香菸盒和百圓商店買來的打火機，一邊問我：

「妳耶誕節怎麼過？」

他點了火，發現自己正在上風處，便向我說聲不好意思，然後移到左側。

「嗯，該怎麼過呢？」

我下星期的計畫還是空白的。雖然希望和阿龍一起過，但這份希望隨著日子過去而越來越淡，我已經呈現半放棄狀態。

「我大概會去東京吧，妳如果要回家，就一起去玩吧！」

與其每天在意著阿龍的事，渾渾噩噩地過著，還不如早點回東京，況且我原本就打算在家裡過年。

「而且我每年都覺得，京都沒什麼耶誕節的氣氛，對吧？」

的確，就一個觀光都市來說，京都的耶誕節算是很樸素的。雖然三条、四条附近的繁華區域會擺放耶誕裝置，北山一帶會有耶誕燈飾，京都車站大樓還有巨大耶誕樹，不過整體來說還是很沉靜。可能因為街道上的氣氛，和「耶誕節」這種西洋節日很不搭吧！

「不過這家店的耶誕活動實在很棒就是了。」

對小剛的這句話，我也大表贊同。我從大一開始每年都會來，今年是第四次參加了。

「這張長椅也很讓人懷念啊！」

「懷念？」

面對我的疑惑，小剛感到不滿。

「妳不記得了嗎？真過份吶！」

他站起身，到樓梯旁的菸灰缸中熄了菸，再走回來。他坐回原本的位置，把兩隻腳往外伸，長椅嘎嘎地響了起來。

「妳明明說一輩子不會忘記這份恩情的。」

「啊！」

總算想起來了。沒有馬上記起的原因，心裡大約有數。對我來說，那件事是我盡可能想從記憶中抹去的。

那是我進大學的第一個夏天，第一次帶我跳舞的就是小剛。我們就是來這裡，當時我玩過頭，喝得爛醉，他在旁照顧我。這麼說來，我的確記得當時曾坐在這張長椅上。

「那時真是給你添麻煩了。」

三年後的今天，雖然我們還是重複著許多一樣的事，但我多少也成長了，不至於讓別人看到自己的醜態。如果有時光機讓我回到那天，面對當時窩在椅子上的自己，不知我會對她說什麼。

我一面想著這些不著邊際的事，旁邊的大恩人突然說了句「不好意思」，一邊按著太陽穴。

「我可能喝醉了。」

「不舒服嗎？」我問他。

「也不是啦！」

小剛說，不好意思讓妳想起奇怪的回憶了。

「我還自稱恩人。」

「才不會呢！」

小剛總是一副超然的模樣，不曾表現出「以恩人自居」的態度。我失戀時，他陪我喝酒，我找工作時，他聽我發牢騷，一直以來都這樣。當然偶爾也會換成我聽他說，我安慰他、鼓勵他，不過他聽我說的比例佔壓倒性的多數。我們上次聊到這個時，小剛得意地竊笑說：「因為我是男生啊！」

小剛一直很照顧我，而且他的守備範圍很廣，從考古題到遊樂情報都有。如果沒有小剛幫忙，我可能連拿滿畢業學分都很難，而且大學生活也會比現在無聊很多吧！無論是精神上的協助，還是像從前他在這裡輕拍我背的照顧，他都一直支持著我。

「是我沒有知恩圖報吧！」

我之前說過一輩子都不會忘記這份恩情，結果竟然說完就把事情塵封在記憶之中，真慚愧。

「你一直幫我，真的很感謝。」

「妳根本沒感謝嘛！」

我努力表現誠意，卻換來小剛無趣的回答。可能因為我剛才的失言，把信用毀了吧！

「不過，妳還好嗎？」

「嗯，沒事了，我已經很久沒這樣玩過頭了。」

我笑著回答，小剛的眼神移向遠方，若有所思。

「不過，」他停了停，才繼續說：「妳和那個數學狂，進展得不順利吧？」

數學狂？我不禁看了小剛一眼。

「你知道？」

「我當然知道！」

小剛的聲量大了起來，我彷彿捱了罵，因而低下頭，盯著靴子的前端，嘆了口氣。

「因為妳的樣子怪怪的，而且又到這個季節了。」

小剛用惡作劇一樣的口吻。

「不好意思，我太善變了。」

我垂下頭。小剛嫌煩似地說，別說這種無聊的話啦！

「沒關係，只要妳願意回來。」

小剛接著說，回來我們這裡，然後又搖搖頭，重新說：

「回來我這裡。」

「我不是說無論什麼時候都會等妳的嗎？我總是這樣說的吧！」

我震了一下。為了填補這對話之間的空白，所以很快地答道：

「你總是這樣，而且對誰都這樣講吧？」

「被發現啦！」

看到小剛輕輕地聳了聳肩，我鬆了口氣，但只維持了一瞬間。

「不過，如果小花選擇我，我就不再對其他人講這句話了。」

他很罕見地用真摯的語氣說，我不自覺地心裡揪了一下。車輛駛過我們旁邊，車頭燈照在小剛的側臉上，映出了複雜的陰影。

「讓妳困擾不好意思。也許妳覺得我很卑鄙，但我不是因為你們進展不順利才選在這時間插進來的，而是畢業之前沒剩多少時間了。」

小剛一口氣說了出來，然後低下頭。接著，他深深地吐了一口氣，自言自語般地補充說道：

「如果是我……如果是我，絕對不會讓妳不安。」

我傻傻地沉默著。腦中一片混亂，不知該怎麼回答。我應該怎麼回答呢？我甚至連自己想怎麼回答都搞不清楚。

過了一會兒，小剛抬起頭，看著我的眼睛，換了一種開朗的聲音說：

「選我吧！」

他堅毅的眼神，和往常一樣。

「小花，選我吧！被男人耍得團團轉，不像妳。」

他大聲地說著這些話，讓人聽見真不好，路過的人偷偷地往我們這邊瞧。

「來把我耍得團團轉吧！」

「小剛是不會被女生耍得團團轉的類型吧！」

我勉強擠出這句話，小剛卻突然緊緊抱住我。

「沒有這種事。」

小剛的胳臂很溫暖，很舒服，我總算克制住不閉上眼睛，動了動身子。

「對不起。」

對不起，小剛也這麼回答。他放開手，兩手手掌放在我的肩上，看著我的臉。

「不能選我嗎？」

我正想回答，小剛卻用力地搖了搖頭。

「算了，妳還是別回答了。」

他悄悄地笑了起來，說，果然不順利啊！我明明一直守護著妳。

人生就是這樣無法順心。明明有人在這裡一直看著我，我卻看著其他人，而且那個人沒有看著我，而是盯著莫名其妙的東西。

果然，對我來說不是阿龍不行，我沒辦法選擇其他人。

本想再說一聲對不起，念頭一轉，改口說：

「謝謝。」

「不客氣。」

小剛又自暴自棄地加了一句：

「我還真遜啊！」

「沒有這種事。」

我急忙否認。我不是敷衍他，因為我也一樣。不，搞不好不只我這樣，而是無論是誰，一旦喜歡上別人就會無法自已吧！內心總會起伏得無法克制。

「還真是不順利吶！」

「妳講得好像和自己無關似的。」

「誰說跟我無關！」

小剛比我有勇氣多了。可能因為誠實地說出心底話了吧，小剛恢復了平常的表情。

「我們都很辛苦啊！」

小剛站起身來，說，回去吧！我跟在他身後。

正要踏上往地下室的樓梯時，突然電話響了。我停下腳步，從牛仔褲口袋中拿出手機，液晶畫面上顯示著九位數的電話號碼，沒有來電者的姓名。

這麼晚了，會是誰呢？我有些猶豫，還是按下了通話鍵。平常半夜若有沒看過的號碼來電，我一般是不會接的。

我把手機靠近耳朵，閉上眼睛，說了聲：「喂？」

「喂？」

回答我的，是我曾聽過的女人聲音。我睜開眼睛，再次握緊電話。

「是美園嗎？」

我的聲音很突兀。小剛已經走下階梯了，他把手放在門上，望向我這裡。

「怎麼了？」

我戰戰兢兢地問，然後舉起一隻手向小剛示意。門打開了，接著又關上。在那瞬間，店內的喧囂傳了出來，不過我的心跳聲更大。可以想見，半夜一點特地查到我的電話打給我，不會是什麼好消息，應該是非常緊急的事。

「龍彥……」

預期的名字果然出現了，我吞了吞口水。

「龍彥現在很糟。」

雖然早有心理準備會是壞消息，但聽到美園低沉的聲音，腦中還是一片空白。

「他在研究室昏倒……現在在醫院……」

傳入我耳中的聲音時遠時近，我一隻手放在俱樂部的招牌上，支撐著身子。我無法順利呼吸。

之前就聽說過阿龍曾昏倒。的確，他也固定到身心醫學科去看醫生。

我腦中浮現的，是阿龍瘦了一圈的身軀，背對著我一個勁兒敲著鍵盤的模樣，甚至耳邊還聽得到敲打鍵盤時發出的機械化聲音。過一會兒，毫無前兆地，規律的鍵盤聲突然停止。在片刻的寧靜後，阿龍的頭往旁邊倒，手邊堆著的書被他的手肘壓住，也一本一本地掉在地上。

「小花？聽得到嗎？」

美園問道。我這才回過神來，握著手機的手掌正滲著汗。

「醫院在哪裡？我馬上過去。」

我掛斷電話的當下，正好對向車道上有空計程車開過。我用力揮手，然後往馬路對面奔跑。

告訴司機目的地後，他調了後照鏡，看了一眼坐在後方座位上的我，然後沉默地踩下油門。目的地是北大路上公車總站附近的醫院，我們沿著川端通北上，在出町柳左轉。今出川通空蕩蕩的，之前我曾和阿龍兩人騎著腳踏車經過這兒。當時涼爽的風及溫暖的陽光，現今都成為幻影似的淡去了。

希望阿龍平安無事。

我用力地握著手機，望著車窗外。

都是我的錯，因為我沒有阻止阿龍。因為我放任阿龍不管，他才把自己身體弄壞。我明明知道這點，卻還是逃走了。

沿著烏丸通行駛了一段後，我們在與紫明通交叉的十字路口遇上紅燈停了下來。我著急地咬著嘴唇，盯著一直不變顏色的紅燈。馬路上沒有行人，司機仍很守規矩地停車。我雖然知道這樣不對，還是忍不住對司機惱怒了起來。

我一直沒有自信。阿龍的世界和我的世界之間隔著的那道牆，雖然不曾真的傷到我，我卻害怕得動彈不得。阿龍那異於常人的集中力，超乎想像的熱中態度，我究竟是否跟得上呢？這令我惶惶不安。最後，我很不負責任地拋下了把自己關在那間房間裡、沒有外出的阿龍。

我依照美園告訴我的，在夜間出入口前下了計程車。此時正好有閃著紅燈的救護車開出來。我想快點付車錢，但手指顫抖著，就是拿不住零錢。

希望、希望阿龍沒事。我不應該放棄的，在阿龍築起的那道高牆前方，我不應該膽怯。我好不容易進入阿龍房間了，說不定再努力一點，就能跨越那道屏障。

我穿過像後門一樣的道路，順著指示方向快步來到病房。長長的走廊，黑暗且安靜，只聽得到自己的腳步聲。

好想快點見到阿龍，這次我不會再迷惘了。

出了電梯，我看了看左右，在右側那一頭見到了美園。她站在走廊的盡頭，倚在牆邊。我快步走過去，她也看到我了，對我揮著手。她指著旁邊的門，說：「這裡。」

「他還醒著。」

我簡單地打了招呼，然後敲了兩三下門。我盡可能輕輕敲，但敲門的聲音仍然響徹安靜的走廊。我等不及回應，便用力地拉開門，踏了進去。

11 樂高

阿龍看到我喘氣的樣子，眼睛瞪得老大。

「小花？」

這是間單人病房。病床的位置正對著門口，阿龍挺起上半身，坐在床上。

「妳怎麼了？」

枕頭旁的檯燈像聚光燈一般，打在阿龍的上半身。他的臉色和表情，都比我想像的好上一百倍。

「你問我怎麼了……」

我轉過頭，看到美園透過敞開的門，正往這裡瞧。她對我搖了搖手，然後按下牆上的電燈，病房突然明亮了起來，我和阿龍都眨了眨眼。

「你們慢慢聊。」

美園看似很高興，留下了這句話，然後把門關上。我突然覺得很沒力，便在床邊的折疊椅上坐了下來。

「我只是營養失調而已……」

阿龍有點不好意思地說明：

「真的沒什麼大問題啦！我只是有點忙，沒吃飯而已。」

阿龍在研究室昏倒，被送到醫院來，是今天傍晚的事。在那之前，他一直關在宿舍裡，除非真的有事才久久一次到學校去露個臉。不習慣外面的寒冷之外，太久沒出門也讓他的身體調適不過來。

「驚動大家了。」

阿龍很抱歉地搔了搔頭。他寬鬆的白色上衣可能是醫院提供的吧，袖子捲了起來，可以看到左手腕貼著ＯＫ繃。

「我打了點滴，已經完全好啦！」

他的狀況還不到要住院的程度，只是點滴打著打著就睡著了，醒過來時已經半夜。明天早上再打一瓶「早餐用」的點滴後，就可以回家。

「我睡得很好，現在感覺不錯，精神十足啊！」

如他所說，他看起來神清氣爽，至少比上次在宿舍見到時健康得多。我鬆了口氣，靠在椅背上。

「太好了！」

可能因為之前想像得太嚴重，現在突然鬆懈下來，眼淚竟然不爭地掉下來。阿龍慌張地張望著房內，找到放在床邊的面紙盒，遞給我。

眼淚怎麼都停不了。我重複地說著對不起、對不起，擦了眼角、又擤了鼻涕，好不容易才穩下來。

「她是不是和妳說了什麼奇怪的話啊！」

阿龍一邊苦笑，一邊看著門的方向。看來我不用告訴他美園在電話中故意說了什麼話，他也大概能猜到。

「不好意思啊，讓妳擔心了，還讓妳半夜過來。」

「不會，是我自己要來的。」

「她總是喜歡擅自做決定。」

阿龍嘆了口氣，搖了搖頭。

「妳們之前就認識了？」

聽阿龍這麼說我才想到，我沒有提過和美園見面的事，難怪他看到我突然出現會很驚訝。

「因為亞里莎。」

才開口就發現阿龍愣了一下，所以我從頭說起。

「我的朋友，和美園在同個地方打工，所以我和她說過一次話。」

我抓重點說明了一下，不過，提問的阿龍，卻沒有對這些細節表現出進一步的興趣。

「世界真小呢！」

我心想，阿龍沒把我的話聽到最後就下結論了，沒想到他直截了當地問：

「你們那時候聊到我了？」

原來他想知道的不是我們什麼時候、在哪裡遇見，而是對話的內容。

「嗯，是啊！」

「她一定說了我很多事吧，該不會還說我這不是第一次昏倒？」

我點了點頭，阿龍突然「哇」地叫了一聲。

「超丟臉的。」

「哪會丟臉？」

「不不，超丟臉的啦！」

阿龍說完又沉默了。可能因為在不知情的狀況下被人討論，心裡不太舒服吧！搞不好他對毫無忌憚、說了「很多事」的美園有些生氣。我安撫他說，是我問美園的。

「所以我全部被曝光了嗎？不過也沒什麼好隱瞞的就是了。」

阿龍像是放下心中大石，淡淡地說。接著又說——不過與其說是對我說，還不如說是自言自語。

「怎麼會這樣啊，我從小就一直這樣。」

阿龍很早就容易對事物沉迷，只要專心在某件事物上，就會沒辦法想其他事情。我想起校慶時，他提過迷路的事。

「一開始是沉迷於樂高。」

幼小的阿龍，可以連續好幾個小時堆著各種顏色的樂高，做城堡或戰車之類的，怎麼玩都玩不膩。父母擔心他上癮，阻止他玩，結果……

「聽說我大哭大叫的啦！」

模型、漫畫、電動，他沉迷的事物一個接一個。雖然隨著年齡增長，被阻止已經不會大哭大鬧了，但這也只是表面上而已。他若迷上某樣東西，就會完全看不見周遭，這種性格一點也沒改變。

「我爸媽和老師們後來就放棄了。」

最後終於迷上數學。

阿龍開始正式學習數學，是進大學之後的事。同學找他一起參加研究室的體驗課程，他發現了數學的樂趣。他原本念的就是理科，數學很拿手，成績也很好，但他說教授和學長姐們教的內容和高中之前學到的考試問題，是「完全不同的東西」。

「一開始時我想，這根本完全不同嘛！」

他常常只要一認真起來，注意力就被吸走了。不過，在碰上數學之前，無論他怎麼沉迷，都會有厭倦的時候。

「但數學越研究越上癮啊！怎麼都停不下來。」

數學，不只是證明想法、計算出答案的數字就結束了，想知道的事情反而會越來越多。阿龍一反常態地滔滔說著，我冷靜地聽。

阿龍對我敞開心胸，是我期望已久的事，當然很開心，但他說的內容卻讓我開心不起來。阿龍口中道出對數學的那股熱情，和我在宿舍目擊到的情景，給了我很大的震撼。

「你真的非常喜歡數學呢！」

我是真的這麼想。阿龍真的非常喜歡數學，他很純粹地追求那些一個個不斷增加著的「想知道的事」。這種不斷想知道的心情，讓他一直追尋下去。

「我也搞不清楚怎麼會這樣。我完全不在意其他事，怎麼說呢，好像其他事情變成怎樣都沒關係吧！」

我在心底說著「我了解」，我非常了解。我了解對阿龍來說，會因此完全不在意數學以外的事物；我也了解，他不在意的那些事物裡，包括我。

阿龍突然停了下來，看著天花板。

「我很怪喔？」

他喃喃自語著的側臉，看起來好寂寞，是我的錯覺嗎？

我很想告訴他：沒這回事。為了他、也為了我，我很想這麼說，卻說不出口。

「我真的很怪吧！」

阿龍嘆了長長的一口氣，換了一種聲調說：

「對了，妳上次有來我房間，是上星期吧，妳記得嗎？」

我當然記得，甚至不可能忘記。我不可能忘記當時的狀況。不過，那已經是兩星期前的事了。我糾正阿龍，他歪著頭說：

「是這樣嗎？算了，總之我那時讓妳等很久吧？」

我嚇了一跳，抬起頭來。

「我以為你完全沒發現。」

「嗯，不過平常我是不會發現的啦！」

阿龍又思考了起來。我平常是不會發現的，不過那天有點不同。不知怎麼總覺得很在意，仔細一想，才發現是不是讓妳等了三個小時，所以想向妳道歉。阿龍說。

「我怎麼做了那麼多要向妳道歉的事啊！」

我很用力地搖了搖頭。

已經很夠了。阿龍說出「覺得很在意，仔細一想，才發現」，阿龍有這樣的變化，已經讓我覺得我能繼續加油了。

「不過妳特地來玩，我很高興喔！可能妳會覺得，我讓妳等那麼久還講這種話，不過我很久沒和人說話了，謝謝妳啊！」

我差點掉淚。用力眨了好幾下眼睛，想把眼眶裡溼熱的淚水擠掉。

「我真糟糕啊！上次醫生威脅我說再這樣下去會死，竟然忘記吃飯，真糟糕。」

「沒關係。」

我不假思索地立刻回答：

「到吃飯時間時，我會勉強你吃的。」

的確，阿龍有時候有點怪。他被數學世界吸引的感覺，搞不好我一生都不能理解。

「我之前一直很不安，一直都是。因為我不懂數學。」

不過，不懂也沒關係。

「我想陪著你。」

不懂也沒關係。我只想陪在阿龍身邊，把他拉回這個世界。

「我不敢說我要『幫助』你這種聽起來很了不起的話，也不知道我能做什麼，搞不好什麼都做不了，不過我想陪著你。」

我的臉熱了起來，但眼淚沒掉。阿龍靜靜聽著我說，然後道謝。

「小花，謝謝。」

離開病房後，美園正好從對面走來。她一隻手提著便利商店的塑膠袋，腳下映照出長長的影子，讓原本就高的身材看起來更修長了。

看到她身上及膝的羽絨外套，才發現我穿著薄薄的衣服，就這樣飛奔來了。大衣和包包都還放在俱樂部的寄物櫃裡，本來打算走回去，但看來還是坐計程車比較好。

美園看著我，朝我快步走來。

「妳要回去了嗎？」

她低聲問我。我看了看手錶，時間快接近凌晨三點，這次探病探得真久。

「下午茶時間到了。」

美園很認真地把裝得鼓鼓的塑膠袋提起來給我看。透過白色塑膠袋，可看到裡面有寶特瓶跟零食。

「我特地買的，要不要一起吃？肉包、披薩、豆沙包，妳選個喜歡的吧！」

美園偷笑著，說這是她騙了我的賠罪。雖然嘴上這麼講，但她看起來毫無反省之意。

「對心臟不好啊！」

我小小聲地抱怨著。

「不然呢？」

美園用小孩撒嬌似的口吻，找著藉口：

「我如果不這樣做，就不會有進展啊！龍彥那樣，妳也這樣，我不給你們來個『休克療法』就不會順利啦，妳得感謝我呢！」

「我是很感謝妳啦！」

我勉勉強強地答道，美園露出勝利的笑容。

「而且龍彥之前叫我不要告訴任何人喔！雖然不知道他是怕打擾別人，還是不好意思。」

美園吸了一下鼻子說，何必裝酷呢，明明不適合他。

「所以我才沒有聯絡他那些好朋友們。」

安藤和山根如果聽說阿龍被送進醫院，一定會很緊張吧！大概會和我一樣氣喘吁吁地跑到這裡來。

「不過，妳沒關係嗎？妳剛剛不是正在忙嗎？」

「在忙？」

我的聲音愣了一下，一瞬間，想起了剛剛和小剛的事。明明是幾個小時之前的談話，現在回想起來，好像好幾天前發生的一樣。

「耶誕派對好玩嗎？」

為什麼美園知道？

她看我瞠目結舌的樣子，才若無其事地說，是從亞里莎那裡聽來的。美園還真是什麼都知道。搞不好她早就猜到我無法和阿龍坦誠相見，所以到處晃來晃去打發時間。我的電話也是從亞里莎那裡問來的。她說，她在祇園店裡接到阿龍昏倒的通知時，「以防萬一」而問的。她算得那麼清楚，大概是在數學系受的訓練吧！

「真不愧是美園啊！」

我略帶諷刺地說，美園搖了搖頭：

「數學不是計算的喔，是一種『哲學』。」

「哲學嗎？」

「是的，很深奧喔！因為太深奧了，偶爾會有人陷在裡面出不來，我想妳懂。」

美園很有自信地斷言。看起來我要面對的，是沒辦法描述的東西。

「總之，抱歉在妳享樂的時候特地讓妳過來一趟。」

她用半開玩笑的語氣說。

我只能投降了，深深地鞠了躬，說：「非常謝謝妳」。美園很滿意地點了點頭。

「好好和龍彥聊過了嗎？」

「嗯，託妳的福。」

我好好和他聊過了，我總算好好地說出口了。

「然後呢？妳有心理準備了嗎？」

美園兩手交叉在胸前。

她之前也問過我。和龍彥交往是很困難的，要有心理準備才行。我和修治一起去祇園的時候，美園曾這樣問過我。當時我回答說，我有打算做心理準備，那時的我，明明連要準備什麼都還不清楚。

不過，現在不同了。我已經不再猶豫了。

「我有心理準備了——我現在，已經準備好了。」

我看著美園的眼神，堅定地回答。燈光微弱，但美園的眼神仍然銳利清晰。我的眼神也不能輸，得更堅強才行。

「說得好！」

美園開心得音量大了起來，又立刻打住。她轉過頭，確認身後沒有任何人，又恢復了先前的音量，繼續說：

「總之，我們先從填飽肚子開始吧！算是祝福你們的前途，好嗎？」

一下是賠罪、一下又是慶祝，還真忙。

「那我就吃一點。」

我敗給了她的熱情，本來想是不是拿回病房吃，結果美園往電梯走去。

「我們去樓上的休息室吧！我剛剛很無聊，到處探險發現的。在那裡就不用小聲說話了。」

「阿龍呢？」

「他有充滿營養的點滴，應該不用吃了吧！」

美園毫不在意地拋下阿龍。

「而且，我想問妳在裡面和龍彥說了什麼呀！如果在他面前就不好說了吧？」

「不用問了啦，沒什麼特別的。」

我一時語塞，低下了頭，美園覺得很有趣，偷看我的臉，問我說了什麼。

「唉呀，妳臉紅了，羞羞臉喔！」

被她這樣一嘲笑，原本沒什麼「羞羞臉」的，我卻真的臉紅了起來。只要一和美園說話，就會被她牽著走。我明明只和她說過兩次話，現在卻那麼親近，想想還真不可思議。

「說啦說啦，到底聊了什麼？」

美園窮追不捨。我放棄守備，開了口：

「樂高之類的。」

「樂高？」

美園皺了眉說，那是什麼啊？我沒聽他說過這個呢！

「算了算了，妳接下來好好說給我聽啊！」

美園大步跨著，我追在後面。我們兩人的腳步聲，合在一起了。

12 跨年倒數

「soleil」的關店，是從將「暫時停業」的紙張貼在門口的那一刻起。

陽子和老闆討論過，在陽子從倫敦回來前店要怎麼辦。最後決定，暫時就先這樣放著。雖然他們也討論過是不是改聘其他店長、或把場地租出去，不過老闆不太想這麼做。我能理解這種心情，「soleil」——擁有「太陽」之名的這家店，是屬於陽子的。對老闆來說，戀人不在的期間，是不會想勉強把店開下去的吧！陽子覺得很可惜，不能理解老闆的心情。即將啟程的人，總是只看著前方，不太體會得了留下的人的心境吧！所幸，老闆的經濟能力還能支撐這一切。

不過，陽子還沒正式決定什麼時候回來，所以店裡也該做某種程度的整理。除夕前一天，陽子和我花了一整個下午大掃除。我們把針織衫、外套、裙子等冬天的衣物依照種類收進紙箱，再把收好的箱子靠角落放好。我們用抹布把空下來的衣櫥仔細擦拭乾淨，地板更是打掃得比平常更努力。

最後要離開時，陽子把櫥窗的百葉窗簾放了下來。投射進來的橙色夕陽，被窗簾遮蔽，店裡暗了下來，就像是soleil的陽光真正日落了一般。我想起好久以前，在三条通的電影院看過的義大利片曾有這樣一幕。那是一家人即將出門旅行的場景。他們搬了好多行李出來，最後在所有傢俱鋪上白色罩子，拉上窗簾。我對那個場景印象深刻，反倒是電影結局怎麼也想不起來。最後那家人，究竟有沒有回到那間宅邸呢？

暫時停業

我仔細端詳著。「停業」很清楚，但卻寫著「暫時」，沒有寫上期間，也就是說這張紙幾乎沒有提供資訊。我在關上的店門前心情激動，這一天終於來臨了。我鮮明地感受到，寂寥之情湧上了心頭。

陽子和我一樣呆呆地站著，伸手撫摸著「停業」兩個字，然後轉過頭來說：

「我們去開慶功宴吧！」

她問我想吃什麼，又自己回答說：

「想吃點美食呢！」

她往寺町通的方向走去。對於美食我當然沒有異議，於是也跟在後面。年末的新京極人來人往，我們穿過人潮，走過滿是人車的河原町通。陽子快速地前進著，我為了不與她走散，拚命在人潮中鑽動，原本被冬風吹得凍僵的身子也稍微暖了起來。

我們的目標是先斗町。位於鴨川旁的這條小路，路名讀作「pontochou」，念起來雖然很可愛，但這裡的店卻和可愛路名不符，門檻高、價格高的居多。當然，學生與此區是無緣的，我平時也沒什麼機會來這裡。我們眼前是一棟不大的建築，一樓是小餐廳，旁邊擺著「京都家常料理」的牌子，我們從牌子旁走過，進了狹窄的電梯。

電梯到二樓，門一開，前面就是入口。店內很整潔，大約排著五張桌子，左邊是三方圍起來的吧台座，裡面有個背朝外的橫長沙發座。昏暗的間接照明，是成熟大人的風格，我小心翼翼地往裡走。可能時間算早吧，店裡還沒有其他客人。

「好久不見！」

陽子和櫃台裡一個男人打招呼，看起來像是店長，也和站在外面的接待員輕輕點了頭。對方還沒帶路，她就自顧自走到沙發座坐下。圍著黑圍裙的店員拿了菜單來，還沒翻開，她就開口：「健力士黑啤酒！」從剛才到現在，她的行動都毫不猶豫，可能是常來的店吧！我對她一連串的舉止覺得很佩服，也點了一樣的東西。

透過我們正前方的窗戶，可以一望鴨川的夕陽。這種氣溫下，仍看得到好幾組情侶坐在川旁。

「好像很冷！」

我不禁說出了口。對這些緊緊依偎著的戀人們來說，吹來的寒風、冰冷的石階梯都算不上什麼吧！陽子和我一同俯瞰著川邊，但她心中想的卻和我不同——

「我也要暫時和這裡告別了吧！」

她喃喃地說。店裡響起了微微的聲音，原來正在放爵士樂，不久後，兩罐黑啤酒送來了。

「辛苦囉！」

「妳辛苦了！」

我們拿起玻璃杯乾杯，我又補充了一句：「祝旅途順利！」

漬京都蔬菜、燉煮番茄鱈魚、古岡左拉起司麵餃。陽子隨意選了幾樣，都非常美味，每道都被我們吃得精光。

「對了，說到英國的食物……」

我不經意地問，果然不出所料，她嘆了口氣。

「我也聽說不怎麼樣，只能靠這個活下去了吧！」

陽子對我搖了搖裝著黑啤酒的杯子。這可能是第一次聊到去英國時，她露出憂鬱的神情。

「妳早點回來啊！」

我總算鼓起勇氣對她說。原本想把這話說得若無其事，沒想到我的聲音比想像中還膽怯。

「妳又不是我男朋友，不要露出那種難過的表情嘛！」

陽子笑了出來。我對她撒嬌，說我期待妳帶禮物啊，然後故意對她皺著臉。

「糟了，這樣感覺不像情侶，反而像母女了！」

我總算笑了出來。

「我頂多只能當妳姊姊吧！」

陽子自己說了「母女」，又嘟噥著接了話。

「我偶爾還是會回來的，希望三月底之前能回來一次。」

「三月？」

「就是在妳畢業之前啊！妳如果回東京，以後很難見面了吧？」

「不用特地為我回來啦！三月的話，不是才剛去沒多久嗎？」

三月，畢業，接著就要開始工作了。只剩下三個月的時間，但我仍然沒什麼實際感受。有時候我會懷疑，這樣下去真的沒問題嗎？有時候的我又覺得，無所謂了，順其自然吧！

我這才注意到，陽子一直盯著我。我心中的不情願可能被她看透了，我有些難為情，於是盯著桌子。

「對了，我如果找到適合妳的衣服，就送妳吧！春天開始就要在東京生活了，也需要些新東西吧？」

陽子像是想打破沉默，故意用開朗的聲音說。先不論倫敦的食物，關於穿著打扮，那裡可是如天國一般，非常知名。倫敦同時也是二手衣的寶庫，會讓陽子奮而前往的。

「下一季我想會流行格子喔！花呢格紋的迷你裙如何，妳應該會喜歡吧？」

「我接下來要當一般的公司職員耶！」

不可能穿太龐克的裝扮上班。

「是喔！」

陽子的口氣似乎覺得很遺憾。

「一般的公司職員都穿什麼衣服？套裝嗎？」

我想像著自己穿套裝的模樣，但覺得這實在太困難了。

我環視店內一圈，剛剛進來的時候只有我們一組客人，不知不覺間已經全坐滿了。因為今天是星期日，又是除夕前一天，所以沒有看到身著西裝的上班族，但會來這兒放鬆心情的客人，應該都是社會人士吧！他們應該都有各自的職業，每天勤於工作吧！

我的眼神從店內移向窗外。原本深藍色的風景，現在成了一片漆黑，對面亮起了鮮豔的霓虹燈；原本依偎在川邊的情侶們，也失去了蹤影。

除夕夜，我們聚集在宿舍。雖說要倒數跨年，但其實和平常一樣，只是為了喝酒而已，場地仍舊在山根的房間。

我十一點前到的時候，房間中央的暖爐桌上早已排著許多空啤酒罐。電視上播的《紅白歌唱大賽》[1]已經進入最後一個段落，所以出場的表演者都唱著演歌[2]。

我們已經很久沒有四人聚在一起了。耶誕節時曾提過要一起喝酒，結果理科的這三人為了畢業論文趕得焦頭爛額，所以沒約成。

耶誕夜和耶誕節當天，我都在soleil。陽子好像覺得對我很不好意思，但與其一個人待在家，還不如到店裡去，藉此轉移注意力。見到感情融洽的情侶來店裡買禮物，的確很令人羨慕，但我並不後悔。女孩兩隻手分別拿著不同顏色的洋裝猶豫不決，當試衣間的門簾拉開時，男孩迷戀地看著戀人的模樣，這一切，我都能夠面帶微笑地守在一旁。

---

1 NHK每年十二月三十一日晚間直播的音樂特別節目，節目中將男女分作白隊及紅隊，以比賽形式進行；於七點十五分播至十一點四十五分。

2 日本的歌曲種類，多演唱滄桑的曲調。

我能如此放鬆心情，是因為阿龍。

耶誕節前，他問我要不要去哪裡。那是我到醫院去接他出院、送他回宿舍，路經亞里莎就讀的私立大學運動場的時候。

「耶誕節啊！」

我見到柵欄上貼著耶誕派對的傳單，隨口說。我之前非常在意耶誕節該怎麼過，但當時的我卻什麼都沒想，只是很自然地脫口而出，不帶著特別的意圖、也沒有特別期待。擾人的心情，似乎在前一天飛奔到醫院探病的那晚就消失了，連帶覺得身上的負擔也少了。

阿龍順著我的視線看去。

「怎麼辦呢，耶誕節？」

他喃喃地說。

起初，我以為他是在說別人的事。

「妳想去哪裡嗎？」

他又問了一次，我才知道他是在問我。當下那個瞬間，我臉上究竟浮現什麼樣的表情，我實在不想去想。還好我沒長尾巴，不然一定得意地翹得老高。

最後，我們沒能一起過節，因為阿龍的教授在耶誕節隔天要出國，所以耶誕夜變成年底前接受教授指導的最後機會。我非常生氣地想，理科教授怎會那麼自私，讓學生哭泣呢？不過只要想起阿龍對我說過的話，就能忍耐。

「總算要放寒假啦！」

山根和安藤耶誕節時似乎也忙著做研究，大家都滿懷感慨地喝著美味的啤酒。

「超累的啊！我們雖然不像龍彥，但也快昏倒啦！」

阿龍在醫院住了一晚的事，這兩人不久後也聽說了。他們一直抱怨怎麼事後才告訴他們，阿龍真不夠意思啊，這種事應該要早點說才對。

「快快，吃啊吃啊，要多補充營養。」

山根半開玩笑地把洋芋片推到阿龍面前。

「夠了啦，這個玩笑已經聽膩了。」

阿龍露出不耐煩的表情，把洋芋片推回去，安藤從旁邊搶了過去，打開袋子。他抓了一把，正要塞進口中時，突然不安地皺起了眉：

「不過，別說其他人了，我也常常會忘記。」

「不會吧，你怎麼可能忘記吃東西啦，應該是忘記已經吃過了又再吃一次吧，你是吃太多了。」

山根毫不客氣地說，安藤只能閉上嘴瞪著他。我和阿龍對看了一眼，笑了出來。

電視開始播著《舊年逝・新年來》[3]，山根突然搖著他的妹妹頭，慌忙起身到廚房，口中喊著：「糟啦！來得及嗎？」

「每年的蕎麥麵，都是安根負責的。」

阿龍對我說明。

「不用那麼急吧，還有十五分鐘啦！」

「不過要煮四人份，燒水就很花時間啦，而且他很重視醬料。」

「真講究啊！」

安藤搖了搖頭，好像忘記他自己對章魚燒也很講究。

山根回座時，已經聽得到電視上轉播的除夕夜鐘[4]響了。他拿了四個容器排在暖爐桌上，有大飯碗、有深盤子，尺寸形狀都各不同。山根的眼鏡上沾著一些霧氣，柴魚香味遍佈整個房間，和鐘聲融合為一體，整個空間沉靜了下來。

我們吃下蕎麥麵時，正好是十二點。

「哇，過年啦！」

山根拿起電視搖控器，轉到音樂節目頻道。電視上播的是某個滑雪場舉辦的跨年演唱會，正進行到最後，現場放了許多煙火。舞台上的歌手們不斷叫著「新年快樂」，人們也跟著歡呼。

我們看著電視畫面中興奮的觀眾們，也不禁放下筷子，互道新年快樂。
「好，那來輪流發表新年新希望吧！」山根很嚴肅地說。
阿龍立刻回答：
「完成畢業論文。」
「太近了！一月就會寫完了，說些更遠的希望吧！」
「不過首先還是要寫畢業論文吧，如果被當就不好玩了。」
安藤也附和著阿龍。
「這些傢伙真是不行啊！」
山根嘆了口氣，然後看向我。
「小花呢？今年總算要開始工作了吧？」
「對啊！」

3 節目原文名為「ゆく年くる年」，是ＮＨＫ於十二月三十一日緊接在《紅白歌唱大賽》之後播出的節目，於十一點四十五分，到凌晨零點十五分。內容是現場直播日本全國各地人們敲響除夜鐘的場景，以及新年參拜的模樣。

4 日本佛教在十二月三十一日晚間零時前後，會敲響寺院的鐘，共敲一百零八聲，有種説法是表示去除人們的一百零八種煩惱。

我雖然擺出思考的模樣，但新年抱負之類的太過冠冕堂皇，我心中想的，是完全微不足道的事。

新的一年總算要開始了，我在這裡只剩三個月的時間。剩下的時間如此短暫，三個月後我就在東京了，沒辦法像這樣和大家一起喝酒，也沒辦法見到阿龍。

我遲遲未開口，安藤代替我發言。

「對了，我倒是有出社會之後的抱負，雖然還很遠啦！」

「什麼什麼？」

「生技京都蔬菜。」

「啊？那是什麼？你不是要製造藥物？」

「製藥也不錯啦，不過以後還真是生技食品的時代呀，時代之鑰，就在生物科技啊！」

「什麼詭異的東西啊，而且果然又是吃的啦！」

阿龍用很驚訝的語氣說。

「你不懂，蔬菜是健康的根本啊！如果不吃安全的東西，就沒辦法長壽。」

「不過你應該吃什麼都沒事吧！」

「而且研究生物科技對地球很好的。你們如果遇到糧食危機，再怎麼哭我也不幫你們啦！」

「遇到糧食危機會哭的是你吧，你的食慾對地球一點都不好！」

山根的辛辣發言，從新年起就妙語如珠。我聽著他們三人豪爽的對話，憂鬱的心情也稍微緩和了下來。

到畢業之前還有三個月，會不會像剛才跨年的瞬間一般，四月一日就這麼輕易地到了？還是我會扳著指頭、數著剩下的日子，每天焦急地擔憂著，等待這一天到來呢？還有三個月，四月之後的生活究竟會如何呢？

我思考著這些不著邊際的事時，山根突然拍了手，把我的思緒打斷了。

「對了，要不要去畢業旅行？」

「我想去！」

我把對新生活的幻想先放一邊，立刻接話，安藤也附議：

「去哪裡好呢？我想吃魚。」

「夠了，你先暫時不要想食物啦！」

「小花呢？想去哪裡？」

「哪裡好呢，溫暖一點的地方？食物也很重要就是了。」

「看吧？小花果然很了解。」

我還有一些時間，還能去畢業旅行、參加畢業典禮，至於之後等著我的會是什麼樣的生活，之後再想就好了。至少我們在狹窄房間裡、圍著暖爐桌的這份記憶，三個月後不會憑空消失。我緩緩地眨了眼睛，像是按下快門一般。景色在我眼前一瞬間稍微模糊，接著又對上焦距。

電視畫面接著播放的是新年參拜神社的人潮。在黑暗中，許多人們排著隊伍，等著進入東京有名的神社。天氣雖然寒冷，但人們卻很歡喜。

「等下回去時，要不要順便繞到哪裡去參拜？」

阿龍看著電視畫面對我說。

「要，我要去！」

我回東京的新幹線，是早上六點多從京都車站出發，只要早點從這裡離開，到神社參拜後直接坐公車或地下鐵到ＪＲ京都車站就可以了。而且，清晨時分人潮應該減少了吧！

「去哪裡好呢？」

我是第一次在京都迎接元旦。到去年為止，我都是年末就回東京，所以跨年都是在家中過的。

「你知道什麼好地方嗎？」

由於提議的阿龍不怎麼清楚，於是我改問山根。

「最熱門的地方大概是平安神宮或八坂神社吧？」
「應該很擠吧？」
「不過機會難得，還是去比較大的地方吧！如果去小神社，沒開怎麼辦？」
我們討論了一會兒，最後決定去下鴨神社。原本要四個人一起行動的，山根突然說他要晚點去。
「安藤，我們白天上午再一起去吧！」
山根很快地攔下想開口的安藤。
「那我們先走了。」
阿龍輕輕地點了點頭。
我們是清晨快五點到的，神社裡人多得出乎意料。道路兩側排列許多點著黃色燈光的攤販，穿著厚衣服的參拜者們，在路中間來來往往的。
「我拿吧！」
阿龍拿過我的包包，另外一隻手握住我的手。
「又暗人又多，走散就糟了。」
他念念有詞地對抬起頭的我說。阿龍的手掌很大，暖暖的。

這裡的參拜道路稱作「糺之森」。由於是「森林」，道路兩旁林立著好幾百年的老樹，枝繁葉茂地把攤販都遮掩住了。白天時莊嚴肅穆的氣氛，在元旦近天亮的此時，反而是隨著天光一點一點展露出浩氣凜然的丰姿。要說有神明居住在此，也不奇怪。

「好像有什麼東西。」

阿龍望著森林的深處，喃喃地說著。

「妳怕黑嗎？」

「不怕。」

話才剛說完，我就後悔了。如果回答「有一點」，應該比較可愛吧！不過實際上，我一點都不感到恐懼。我有阿龍暖暖的手心，而且森林中空氣澄澈，讓人完全不會不舒服。甚至可以說，給人帶來了安心感，像是被一種巨大的力量守護著。

從入口到本殿有一段距離，我們前進了一陣，突然聽到前面的女人用很不滿的口氣說：

「還沒到嗎？」

對我來說，這是無法理解的一句話。只要這麼走著，走到哪我都願意。我甚至希望這條路能夠一直延伸下去。這樣神秘的畫面，在神社中、在非人居住的地方，好像真有可能發生。

「還好嗎？妳累嗎？」

阿龍問我。他可能是聽到那個女子的抱怨，也可能是因為我的腳步太慢了。

「我不累。」

我不假思索地回答，卻不想把腳步加快。

到了本殿，大約排了十五分鐘才輪到我們。投了香油錢，進行拍手儀式後，回程往鳥居[5]的方向時，才走沒多久就遇上一大群人。透過人群間的隙縫，可以看到前方點著篝火。

「我們也去取暖吧！」

阿龍拉起我的手。只見火燄在寒空中飄舞，像是伸出一隻手，手的前端是白色的煙，向天空中裊裊而去。

「你許了什麼願？」

我將兩手往焚著的火伸去，一邊問阿龍。阿龍毫不猶豫地回答：

「畢業論文。」

「只有這樣？」

5 日本神社的建築物，用來區分神域與人類居住的世界，可視為一種「門」。

「還有，總之還有其他的啦！」

「其他的？」

正想問「其他的」是指什麼，他卻先一步反問我說，那妳呢？

「妳好像很用力在祈禱啊！」

當然不能誠實地告訴他，我祈求能夠和他感情更好。

「我祈禱今年能平安順利。」

對我硬擠出來的這個回答，阿龍忍不住笑了起來。

「真好啊！這種結論。」

「是嗎？」

「很像小花。」

「很像？為什麼？」

「怎麼說呢，就是那種……很強健的感覺，『給我放馬過來吧！』這樣。」

「什麼啊！」

「強健」之類的形容聽起來勇猛，我一點都不高興。我露出生氣的表情，阿龍立刻又正經了起來。

「不是啦，我是指好的意思。我之前就很想說了，該怎麼說呢，妳好像太謙虛了。」

「謙虛？」

我嚇了一跳，看了一眼阿龍。緩緩升起的火燄，將他的臉染成橘色。

「像上次安藤的事情也是啊！」

那天晚上我說，自己總是半途而廢、找不到想做的事，面對我這種心結，阿龍說：

「我一直想，真的是這樣嗎？」

「我們這種年紀就決定好想做什麼事，才是特例吧？就像山根研究炸藥、安藤研究生技京都蔬菜、我研究數學。」

決定了一個目標，從另一個角度來說，搞不好就是把自己未來的可能性縮小了。可能會無意識地捨棄了其他選擇。我現在才剛過二十歲，也許根本不必著急，不用趕著把人生聚焦在某一個點上。

「我覺得妳能對各種事物保持好奇與喜歡，很了不起。」

聽著聽著，身旁嘈雜的人聲都漸漸遠去了，我的耳中只聽得見阿龍的聲音。

「而且妳總是很開心的樣子，山根他們是很認真在羨慕妳吧！」

我才羨慕呢！我在心中回答。一直以來我都覺得大家總是很開心的樣子，心裡很羨慕。

「不論是回東京或開始工作，妳一定都能找到新的有趣事物吧！妳這種能量一定不會變的啊！」

阿龍看著我的眼睛，笑著說：

「到時候再講給我聽啊！」

火燄被颳起的風吹拂，燒得更旺了。映在阿龍瞳孔裡的光線也躍動了起來，美得讓我無法將眼神移開。

「走吧！」

阿龍再次牽起我的手，慢慢地走著。樹蔭對面的天空微微地添上青色，參拜的人也漸漸多了起來，大家都帶著神清氣爽的表情，往糺之森前進。

我們穿過鳥居，避開前往車站的道路，以免和人群行進的方向相反，然後走入前往公車站的捷徑。這條小路穿過住宅區，所以沒有人來來往往，只有我們的腳步聲在柏油地面上響著。

「雖然你要我講給你聽……」

我們走過住家門前，家家戶戶的玄關都裝飾著門松[6]及注連繩[7]，我又回到剛剛的話題。

「搞不好我會一直抱怨公司的事情喔！」

「嗯。」

「搞不好我會炫耀我社會人士的身份喔！」

「嗯。」

我說，搞不好我會變成很流利的東京腔，或是因為身處鋼筋水泥叢林而心情沮喪等。

阿龍覺得奇怪，打斷我：

「妳原本就是東京人呀，馬上就會習慣的啦！妳又不是山根或安藤。」

「也是。」

的確，我在東京出生長大。在東京過了十八年的歲月，家人、高中之前的同學都在那裡。但就如阿龍所說，我這樣賭氣、這樣不安，還真奇怪。

「妳已經完全被京都感染了吧！」

阿龍半開玩笑地說，牽著我的手晃來晃去。

「不用那麼害怕，沒事的啦！」

「不過……」

我的聲音像求救似的。我害怕的不是東京，阿龍雖然故意用輕鬆的語調回答，但他一定了解吧！

6 新年時立在家門前的松或竹裝飾，有迎接年神之意。

7 用稻草編成的繩，新年時常掛在家門等出入口以除厄。

「就算我回去東京，」我總算說出口了：「我們也能常常見面吧？我們就算分隔兩地，也沒問題吧？」

阿龍停下腳步，看著我。

「我剛剛也有祈禱喔！」

這句話，打中了我的心坎。

實在克制不住，我抱住了阿龍。

阿龍有些顧慮地將左手放在我的背上，右手撫摸著我的頭髮。我的鼻子埋在他的外套上，還微微聞得到剛才篝火的煙味。我鼓起勇氣抬起頭，阿龍用生疏的動作吻了我的額頭。

13 旅遊書

京都這個地方，夏熱、冬冷。四年之間，我已經深切體會到這件事了，今年冬天氣溫還特別低。

但新年的特賣才剛結束，街上的櫥窗就已換上春天的服飾。每年這個時節，我都會被春服明亮的顏色及花樣吸引而穿著太薄的衣服上街，結果被冷得受不了而後悔不已，偏又學不乖，每天每天重複著這樣的傻事。不過今年，我可不能因而搞壞身體，我一定要好好享受所剩不多的京都生活。

阿龍的畢業論文總算在一月底順利完成了。但交出去之後，竟然發現了令人大受打擊的事。

原來在數學系，畢業論文不是必要的，就算沒有寫論文，只要學分全都拿到就可以畢業。阿龍驚訝極了。

「為什麼你會沒注意到這麼重要的事啊？」

「我怎麼記得老師的確說過是必修啊！」

「你被騙了啦！」

山根雖然說得很殘忍，但也確實如此。

「其他人沒告訴你嗎？」

「他們好像都以為我是喜歡才寫的，而且基本上大家不會管其他人在做什麼啊！」

「……超悲慟啊！」

「太過份了！」

我好像在氣自己的事一樣，引來大家一臉苦笑。繼耶誕節事件後，我實在無法不討厭那位教授；就算他是我男朋友的恩師，也沒辦法不生氣。若是亞里莎，她一定會去抗議吧！不過我又立刻想到，修治一定不會犯這樣的錯。

寒假時，我和亞里莎在東京碰了面。她說她拿到簽證，也辦了入學手續，美國留學的各項準備正順利進行著。

亞里莎提議約在我們高中附近的咖啡廳碰面。我們從前每天通學的路上蓋了新大樓，還開了漂亮的雜貨屋，氣氛變得很不一樣了。

「和小花在東京見面，感覺很新奇！」

「我們高中的時候，沒有兩個人一起出去過吧？」

坐在窗邊的亞里莎，背後有身著眼熟制服的學生走過。學校還沒開學，可能是參加社團活動的學生吧！

「畢業典禮隔天出發嗎？我去送妳吧！」

「咦？妳可以來嗎？讓妳特地跑一趟不好意思呀！」

亞里莎會從關西機場出發，如果是從成田機場[1]，那就真像亞里莎所說，得「特地」從京都過去，太挑戰了。

她沒有從東京出發，而是從大阪，是因為修治也要一起去。我知道這件事時，當然嚇了一跳。

「修治要去美國讀研究所，剛好找到不錯的學校。」

聽說那裡也在研究大腸桿菌，而且設備和研究計畫都很完備，不輸我們學校。亞里莎很幸福地說。

「小花也是，」她接著說的語氣有點調皮：「如果帶他來就好了嘛！」

1 位於千葉縣（關東），是日本最大的國際機場。

就知道她會這樣講，我緩緩地說：

「東京，很近的。」

如果是美國或倫敦就算了，但東京到京都坐新幹線只要兩個多小時，沒什麼大不了的。

「真勇敢啊！」

亞里莎笑著說。

噹啷！入口的鈴響了起來。我轉頭，看到站在門前的是身穿制服的高中情侶。兩個人之間隔著些許距離，看起來很純真。

「哇，真懷念吶！」

我情不自禁地說。看那立起來的領子，應該是附近男校的學生。

「亞里莎說過曾和那間學校的男生交往過，對吧？」

「嗯，我們常來這家店約會喔！」

他們在我們對面大約第三張桌子坐下，翻看菜單熱烈討論著，女孩開心地笑。

「好像很開心啊！」

「我覺得高中的時候，很多事情好像簡單一些。」

我很自然地這麼說，結果亞里莎歪著頭說：「是這樣嗎？」

「應該也會東想西想很多吧？雖然我已經忘了。」

「啊，的確也是啦！」

現在回想起來，不怎麼樣的小事在當時來說可是了不得的大事。我們旁人看起來覺得很順利的這對小情侶，搞不好也正在煩惱著些什麼。

「不過，真不可思議呢！」

亞里莎的表情，像在思考著什麼。

「雖然是這樣沒錯，但那時候我根本不知道修治這個人吧？但接下來我卻要和這個人一起去美國。」

「真不可思議啊！」

我也點了點頭。

「妳遇上真命天子了喔！」

我故意開玩笑，亞里莎也笑了起來。

「搞不好對我來說，現在的我還比高中時來得簡單呢！我已經不去想多餘的事情了。」

冬日微弱的陽光，透過窗戶照了進來，亞里莎耳垂上的耳環也散發著微小的光亮。

「我碰上修治後，一度變弱，現在又變強了。」

我腦中浮現和這個朋友在京都一起度過的許多片刻。嫉妒大腸桿菌而淚眼汪汪的亞里莎；想要離開修治獨立，偷偷到祇園打工的亞里莎；堅定地表示，對修治來說最重要的是自己，這自信滿滿的亞里莎。

「小花也是這樣吧？」

正如亞里莎所言。我喜歡上阿龍之後，也是一下變弱，現在又變得堅強起來了。

「可能因為妳遇上真命天子了。」

亞里莎唱歌似地說。

「真勇敢啊！」

這次換我回她這句話。亞里莎毫無抵抗地笑了笑。在她纖弱的身後，我見到天不怕地不怕的女高中生們，分散在馬路中央走著。

阿龍完成畢業論文後，時間也多了起來，我們倆就一起到京都各地走走。

雖然在京都住了四年，但還是有許多地方沒去過。好比那些有名的觀光景點，我原本沒什麼興趣，但到了不得不離開京都的時候，面對那些從前不怎麼提得起勁的寺院神社，總覺得沒看過好像很可惜。我確認了金閣寺的確是金光閃閃的，也在節分祭[2]時，比較了吉田神社各個攤位的章魚燒口味，還被伏見稻荷綿延不絕的鳥居震撼，連阿龍都放棄計數了。

還包括第一次登上京都塔。後來聽阿龍說，元旦那天他登上京都塔欣賞日出，真令人羨慕。那天他送我去搭新幹線後，就和山根他們會合了。

從觀景台遠望的景色，說不上特別美麗，不過能夠俯瞰京都街道，感覺很好。我覺得自己像是統治著古老都城的公主，那位天子繼新年之後又來了一次，但其實他好像不太喜歡高的地方。我貼在玻璃窗上，看著人世間的景色，他則站得遠遠的，無事可做地看著牆壁上的展示欄。

除了京都觀光之外，我們也計畫著四個人的畢業旅行。

「要去哪裡呢？」

「嗯……」

「南邊的島嶼如何？」

峇厘島、夏威夷、塞班島等，我把想到的列了出來。我想，若能離開寒冷的日本，到溫暖的地方去休息，一定很吸引人吧！沒想到……

「不找近一點的地方嗎？」

山根和安藤忸忸怩怩地互相使了個眼神。

2 立春的前一日，各地會舉行「節分祭」，在京都以吉田神社舉行的最有名，祭典共三天，於二月二日至四日。二日及三日會有許多攤販沿著吉田山腰排列而上，據說每年都有八百多個。

「最近手頭有點緊吶！」

他們兩人最近每天都做研究做到天亮，沒時間打工，生活瀕臨危機。不過我怎麼覺得他們酒喝得不少，這可能又是另一回事吧！

「不好意思啊！」

他們雙手合十做出道歉的樣子，我搖了搖頭說沒關係的啦！

「我只是想到就說出來而已。」

「果然說到旅行，還是會想要出國啊！」

「女孩子嘛！」

「不不，沒有一定要出國啦，那就在國內吧？日本也有很多好地方的嘛！」

四個人一起去，這才是最重要的事，我並不特別在意去哪裡。

「不過你們時間沒問題嗎？」

他們兩人的狀況令人擔心。被逼得那麼緊，還有時間出門旅行嗎？

「沒問題。」

兩人異口同聲地回答。

「二月應該會好一點。」

「找到短期打工的話就能存一些錢了。」

「拜託你們了，我知道很辛苦啦！」

阿龍這麼說。安藤冷不防轉過頭來對他說，你還真行吶！阿龍因為領獎學金，所以免去了生活之苦。

「只是為了畢業論文就抱怨的話，會遭天譴的，你好好乖乖讀書吧！」

「不過這筆錢總是要還的。」

「不不，現在有能夠使用的錢是最重要的啦！要還的話，等工作之後就能解決了。」

沒錯吧？山根把問題丟給我。

「嗯，學生還是有些特權的吧！」

我很自在地回答。對「出社會」這件事反感、或是一想到工作後的生活就會憂鬱之類的症狀，我現在幾乎沒有了。就算偶爾像從前那樣突然被不安襲擊，我也能夠拋開、或說想得開，總之心情安穩許多。我雖然不至於等不及四月到來，但心中已經有餘裕，能夠想像到時候的狀況了。

「要去哪裡呢？」

「要不要去溫泉？」

「那城崎溫泉如何？有螃蟹跟但馬牛喔！」

「你又在想吃的了。」

「城崎很冷吧？還是選南邊啦！」
「不過北海道也不錯吧？現在這個季節有各種海鮮喔！」
「是沒錯啦，只是你先暫時不要考慮吃的啦！」
「小花呢？有沒有什麼可愛的地方？」
「嗯？可愛的地方？」
「可愛的地方是怎樣的地方啦？」
「怎樣啊，一定有怎樣的地方吧，我是不太清楚啦！」
「可愛的地方啊……哪裡呢……」
「再這樣下去會沒完沒了啦！」
山根吐槽說。
「不過這也是一種樂趣呢！」
只是討論意見，就令人期待了起來。我發自真心地說了這句話，結果山根嘆了口氣說，小花真溫柔啊，果然是女孩子啊！
「去東京呢？」
安藤說。
「其實我很想去一次看看。」

「啊？」

山根皺著眉瞪著安藤，然後偷偷看了我一眼。

「那根本不必特地辦畢業旅行了嘛……」

山根的話還沒說完，我立刻表示贊成說，也不錯啊！山根露出驚訝的神情。

這和上次在東京與亞里莎碰面又不同。在京都相遇、相識的朋友們，如果能一起在東京玩，想來一定新鮮又有趣。如果目的地是東京，的確對我來說沒有旅行的感覺，不過大家能夠來我成長的地方，我很開心。

「我來計畫吧，你們把想去的地方告訴我。」

「麻煩妳啦，放心多了。」

阿龍笑著說。

「築地！」

安藤毫不猶豫地說。

「東京鐵塔。」

山根稍微考慮了一下才回答。

「搞什麼，你也想去東京嘛！」

「既然難得要去，不能不去鐵塔啊！」

「又要上去嗎？那個很高吧？」

阿龍的表情沉了下來。我說，大家一起上去喔！我的聲音聽起來也很開心。

既然決定了目的地，接下來就是行程了。我們把四個人二月底到三月初的時間表排出來，竟發現要騰出四天三夜很困難。雖然比上個月的狀況好多了，但山根和安藤還是很忙。阿龍雖然比其他兩人空閒得多，但若想請個幾天假，也不是隨時都能請。就連時間最好調整的我，也得出席專題課及畢業論文發表會。

唯一大家都沒問題的，是二月的最後一週。原本想等更溫暖的時候再去，但實在沒辦法。

「不過這個季節到哪裡人都不多，也不錯喔！」

他們三人都是第一次到東京，所以我想帶他們去最有名的觀光地，如果人多會很累。

「真積極啊！」

可能受我態度的影響，阿龍一反常態地認真起來，還在學校書店買了東京旅遊書。雖然是本隨身口袋書，但內容很豐富，有詳盡的分區地圖，還附有大尺寸地圖。

「這樣迷路也不怕啦！」

翻到地下鐵路線圖的頁面，只見蛛網交錯般密密麻麻的一堆路線，阿龍抱怨說，這根本搞不清楚嘛！

「我會好好帶路，不用擔心。」我笑著說。

「不不，這次有妳帶路還好，」但阿龍卻非常平靜地回答我：「我說的是以後。四月以後，我也會常常去東京吧？」

我張著嘴呆住了，看著阿龍。為什麼他能若無其事地說出打中我心坎的話呢？

「我已經好幾年沒買過數學以外的書了啊！」

阿龍有點害羞地岔開話題。這本書封面寫著斗大的「玩遍東京！」的確在他的房間裡大放異彩。我們在塌塌米上攤開地圖，討論著要去哪裡玩。

首先，絕對要去迪士尼樂園。早起到築地市場吃早餐，然後從東京車站坐電車去，剛好能玩一整天。還是……在東京都內觀光比較好呢？試著搭一次觀光巴士，搞不好會有意想不到的樂趣。東京鐵塔是從幾點開到幾點呢？六本木新城的觀景台視野非常好，阿龍就算了，山根和安藤應該會很開心吧！順便可以帶他們去表參道及青山，不過對這三個人來說，可能去上野和淺草一帶會比較開心吧！

「妳家在哪裡？」

「我家？」

面對阿龍突如其來的問題，我有點錯愕，於是看了看地圖，地圖上沒有我家的位置。

我把地圖翻過來，背面有廣域圖，我指著左邊，世田谷附近。

「在這一帶。」

「一直在這裡啊？」

「嗯，一次也沒搬過家，幼稚園到高中都在這附近。」

「這次我們也會去這附近嗎？」

我搖了搖頭。

「這裡什麼都沒有喔！」

這裡已經超出東京都心區域詳細地圖的範圍了，只是片住宅區。所以，集中在六本木或澀谷的「必看」標誌，這裡理所當然地沒被標上。

「沒關係，只是散散步也好啊！」

阿龍又喃喃自語地說，沒關係那就下次吧！這次他沒有露出害羞的表情了。

出發前一星期的某天，我的手機響起了不認識的號碼。

我看著手機的液晶畫面，想起急忙趕到醫院的那個夜晚，便戰戰兢兢地按下通話鍵，拿起來接聽。

這次傳來的，不是美園的聲音。

「喂？」
是阿龍。
「怎麼了，用這支電話打來。」
我鬆了口氣，問他；阿龍簡短地說他在研究室。
「不能去了。」
他說。
「什麼？」
「東京，不能去了。」
我心中的不安成真了。當然這次的事態不如上次嚴重，但也稱得上緊急事件。
「為什麼？怎麼了？」
「有學會，月底。老師今天說的。」
阿龍的話亂七八糟的。我將他七零八落的單字排列起來重整，應該是：我們預定要去畢業旅行的那星期，他得參加學會。
「為什麼那麼突然啊？」
「不是突然，老師好像之前把日期搞錯了。」
「搞錯？」

我氣得臉色發青。當下我認真地想，我和教授對決的時刻總算來了。耶誕節跟畢業論文的事，我雖然都很不甘心，但這次實在太過份了。我們花了那麼多時間查資料，認真地篩選行程，期待到現在，這不是說「搞錯」就可以解決的事。

到了晚上，我們四人聚集在山根的房間裡。

「只能取消了。」

安藤把雙手交叉在胸前，很遺憾地搖了搖頭。他說無論怎麼想，都排不出其他日期。

「妳好不容易才排好行程，真不好意思。不過暑假還可以去，所以就把這次的行程往後延吧！」

「我也想去畢業旅行吶……」

「對不起。」

阿龍低著頭說。

「就說不是龍彥的錯啦！」

「對啊阿龍沒錯，全都是教授的錯。」

那位教授究竟要阻擋我們到什麼程度？難道他對我們有什麼不滿？

「搞錯日期算什麼嘛！而且都快到了。」

我越想越氣，語氣也漸漸粗暴了起來。等我回神，發現他們三人有些畏懼地看著我。

「他懂不懂會給人帶來麻煩啊？他好歹是個大人，應該要有點常識吧？」

「原來小花也會不甘心和暴怒啊！」

看著突然站起來的我，安藤心有所感地說。

「當然啊！因為太奇怪了嘛！」

好啦好啦，山根安慰我。

「他不是故意的啦！」

「數學系不知為什麼，這樣的人特別多。」

面對安藤不經意的評論，阿龍更畏縮了。

「真的對不起。不然我不去，你們去好了……」

「不可能的啦！」

山根毫不猶豫地拒絕。

「那不然我裝病好了。」

「你不可能說謊推掉的啦，絕對會被拆穿。」

安藤嘆了口氣，又接著說，不過你也有點長進了。

「你這次寧願選我們也不選數學了。」

「對啊，不過應該不是因為『我們』啦！」

山根拍了拍我的肩。

「好啦！我了解了。」

我深深吸一口氣，聲音也緩和了下來。

我看著困擾不已的阿龍，原本激動的心情漸趨平靜。無論我在這裡如何憤慨都無法取消學會，或是讓學會延期，只會讓夾在中間的阿龍更難過。

「嗯……」

「下次再去東京吧！這次去更近的地方，如果只是周末住一個晚上，應該可以吧？」

阿龍的聲音小得快消失了。

「喔，那就這樣吧！」

「那也不錯呢！」

安藤和山根都贊成了。

「龍彥，你這星期完全不行嗎？能不能早點從學會回來，或是晚點去？」

「我也這樣想，不過我每天都被排了一些行程。」

「這樣啊，那還是等三月再去？」

我心中一面回想著大家的時間表，結果安藤「啊！」地叫了一聲。山根皺起了眉：

「怎麼了？安藤三月不行嗎？」

「不是！」

安藤得意地笑著說，想到好主意啦！然後看著我們每個人的臉。

「我們只要和龍彥一起去就好了嘛！」

「一起？」

「難得我們都把時間空下來了，就和他一起去啊！龍彥只有白天偶爾要去發表會對吧？只要該出席的時候有出席就好了，其他時間就和我們一起玩啦！」

「你這傢伙真是天才啊！」

山根眼睛亮了起來。阿龍也嗯嗯地點了好幾次頭，的確是很好的主意。白天我們可以三個人觀光，晚上再一起逛街，也能體驗一下當地的酒吧。

「好啦，你們的學會在哪裡舉辦啊？」

安藤開懷地笑著問。

「高知。」

「哇！有意思了。」

山根笑了起來。安藤高興地說，那就是要吃鰹魚啦！阿龍看了我一眼。

「那我去買高知的旅遊書吧！」

我說完後，阿龍大大地點了頭，露出今天的第一個笑容。

14 故鄉

出發當天早上，京都飄著小雪。這天比平常還冷，我在家門前才等了五分鐘，手就凍僵了。

車子到了，車上早已開了暖氣。我把行李、裝有零食的便利商店袋子交給後座的阿龍後，脫下外套。等我確實繫上安全帶後，安藤便發動車子。這是安藤從老家借來的小貨車，車上寫著大大的「蔬果屋」三個字。搞不好將來有一天，安藤會用這輛車配送生技京都蔬菜呢！

除了我以外的三個人，輪流一路開到高知，每個人開車都有各自的特色。安藤重視安全，到京都南交流道為止，無論是一般道路或高速公路都絕對不超速。在休息站換山根後，他快速地超著車，把觀光巴士或卡車等大型車一輛輛拋在後頭。阿龍則是非常專心地前進，坐在助手席的我就算和他說話，他也不怎麼回答我。

我不太會看地圖，所以就由導航系統帶路了，不過坐在助手席還有很多其他工作。要控制空調的溫度；如果看到奇怪的招牌、很顯眼的車或新奇的東西，要通知大家；要轉換收音機頻道，如果正在播會唱的歌，還要跟著哼。有些我沒反應的歌曲，倒是山根和安藤合唱了起來。

導航系統會顯示到達目的地還有多少距離，阿龍一面計算著幾點會到，這也很有趣。他並不是單純把公里數直接除以平均時速而已，而是根據時速的變化進行模擬。我隨口說了幾種時速組合，他都能迅速精確地回答我，需要幾小時幾分幾十秒。阿龍有個習慣，心算的時候會眨眼睛。與其說我是想知道所需時間，還不如說，我想看他那種幸福得出神的表情，所以問了他好幾次。

我們開過明石海峽大橋，駛上淡路島。天空雖然有些陰，但隔著霧的對面浮著島影，非常美麗。波浪如花邊一般，在灰色的海面上翻滾，前方的水平線微微散發著光亮。

我們開上四國之前，天空又濁又暗，但隨著里程數增加，雲消失了，跨過縣境來到高知時，天空一片晴朗。我的心情也隨著天氣開朗了起來。下了高速公路後，我將窗戶全部打開，溫暖的車內吹進了涼爽的風。

「真溫暖啊！」

「真舒服啊！」

後座的山根及安藤也不禁喊出了聲。雖然距離春天還有段時間，但這裡的體感溫度和京都完全不同。

溫暖，而且食物美味。雖然幾經波折，但最後來到高知也是不錯的結果。起初讓我非常憤怒、完全撞期的學會日程，反而讓我們可以和阿龍一同前往、一同回程，也稱得上天時地利人合。當然我不打算這樣就原諒教授。

後座安靜下來了，我回頭一看，他們兩人肩靠肩睡著了。兩人腳上放著相同的紅色包裝，是我剛剛給他們的巧克力。我遞過巧克力時說，不好意思晚了些，結果他們兩人愣了一下。

「情人節？」

山根和安藤開心得不得了。

「已經幾年沒拿過啦，上次是國小吧！」

「這是我有生以來第一次！雖然我媽也給過我啦，不過是一整塊的那種。」

阿龍可能注意到，這和我兩星期以前給他的包裝大小不同，不過他當然沒說這種潑冷水的話。

「不是什麼了不起的東西啦，我想大家可以當點心吃。」

「不會不會不會。」

山根用力地搖著頭。

「太浪費了。我會好好收著，一點一點慢慢吃。」

「不過我真想看看裡面長怎樣啊！」

「那你就打開看看啊？試吃一下吧！」

「你剛有沒聽我說話啊？這是我有生以來第一次拿到耶！要拆的話當然是拆你的。」

爭執不下的兩人，表情像小學生一樣認真。

我把收音機的音量調小，阿龍也看了後照鏡一眼。

「妳想睡可以睡呀！」

「沒關係。」

「真的嗎？很累吧！」

「完全不累，不累也不想睡。」

「那就好。」

不要硬撐喔，阿龍轉向前方，笑著小聲說。看起來他越開越輕鬆了。

「你沒關係嗎？」

「沒關係，不累也不想睡呀！」

阿龍模仿我的話答道。

「不過妳醒著可能比較安全啦！有妳幫忙，我才不會無聊。」

「那我就醒著囉！」

我心滿意足地靠在椅背上。

「要吃口香糖嗎？」

「好啊！」

「要汽水味的還是甜的？」

「都可以。」

「甜的有草莓和藍莓的。」

「那給我藍莓的。」

我仔細地剝掉包裝紙，把口香糖放進阿龍張大的嘴巴中。車裡飄散著甜甜的香氣。

加上休息時間，我們共花了六小時才到旅館。

對我來說，好像只是一眨眼的時間。如果是平常，我一定會因暈車所苦，但這次竟然到現在才發現完全忘記吃暈車藥了。不過他們三人可能因為不習慣開長途，看起來有點累。老闆娘到玄關來迎接我們，看到車牌上寫著奈良，慰問我們說，一定很遠很辛苦吧！

我們走進旅館，這棟建築不僅外觀漂亮，內部裝潢也不輸外表，非常高雅。以黑色為基調的和風內裝充滿高級感，又不失現代風情。

「真是好地方啊！」

安藤仰望著壯觀的樑柱。

「我們住得那麼奢侈，會不會遭天譴啊？」

「不會啦，我們打工打得那麼辛苦，撐了那麼久，總算有價值啦！」

我本來打算住普通的飯店或民宿。提議難得有機會、想住好一點地方的，是原本為了旅費困擾的山根及安藤。他們兩人研究做得滿順利，總算有時間去打工，而且被我傳染，對畢業旅行很期待吧！

為了籌措旅費，上星期他們到麵包工廠去做了五天工，晚上八點開始做到早上八點。這個時間正好挑戰勞動基準法的上限，而且能拿到相應的時薪，所以對我們學校的學生來說，是很熱門的打工機會。他們希望在短期內有效率地籌措目標金額，所以選擇了這項工作，以方式來說應該沒選錯，不過沒想到——

「快生病了。」

他們兩人用垂危的表情對著我及阿龍說。工作內容是將輸送帶上運過來的麵包放進袋子裡，應該說，工作的「全貌」就是如此。將棒狀的麵包五隻一組放進袋子裡，不斷重複。

「那樣單調的工作，小花一定做不來的。」

我曾聽做過的人說，之後不想再吃麵包了。聽了山根他們悲痛的訴說後，我想這一點也不誇張吧！

老闆娘到櫃台後方拿來兩支鑰匙，帶著我們穿越高級漂亮的走廊，來到隔壁棟的客房。

「這間是三人房，裡面那間是單人房。」

之前我和阿龍討論過房間分配。老闆娘將一把鑰匙拿給安藤，然後轉向我。山根對我投以疑問的眼神，但什麼也沒說。

房間非常寬敞，一個人住實在太浪費了，而且景色非常棒。我們這棟旅館在山丘上，又是最高樓層，從靠海側的大窗戶可以遠望整個太平洋。夕陽西落，天空及海面都染上了一片粉紅。

我放好行李後，到隔壁房間，發現這間更大。

「真享受啊！」

「天堂啊！」

他們三人悠哉地坐在桌邊。

「明天要去哪裡？」

我很起勁地提問，結果安藤口齒不清地說：

「在這裡滾來滾去就很棒啦！」

看來他完全被這份與平常不同的奢侈吸引了。

「太浪費了吧！」

「開玩笑的啦！」

對我驚訝的回應，阿龍苦笑著說。我想起小時候全家旅行的事。爸媽因為長時間的移動而倦怠，反而是小孩子們嬉鬧著想玩。

「要去哪裡好呢？希望明天是好天氣。」

「吃完飯後再來討論吧！」

「對啊，先去泡澡吧！」

「泡澡！」

這間旅館有大浴場，很令人期待，我迫不及待地從椅子上站了起來。阿龍一邊打呵欠，一邊抬頭看我。

「已經要去了啊？」

「還不去嗎？」

我反問他。到晚餐前還有兩小時，難得來了，應該好好花時間泡個澡的。

「我先休息一下。」

阿龍在塌塌米上躺了下來。

我關上紙門時，聽到山根說，小花真有精神啊！

晚餐在房內享用。桌上擺滿了山珍海味，先不論盤數之多，每一道的份量都很大。陸續登場的是用許多奇怪名稱的川魚及山菜做成的鄉土料理，啤酒端來後，還有地方好酒，每樣都美味極了。

「真好吃啊！」

「太讚了吧！」

我們泡了溫泉，除去一身疲勞後，豪快地享用晚餐，大家都和我一樣興高采烈，每句話語尾都加上感嘆詞。餐桌上最令人感動的，應該就是炙燒鰹魚片了。鰹魚片上捲著各種辛香料，整個送入口中後，切得厚厚的魚片就在舌頭上化開了。

「現在這個季節也捕得到嗎？」

安藤拚命動著筷子，一面問道。

「大家都這麼問呢！」

身著和服的女侍，微笑地答道。

「在高知，二月也會捕撈漁獲喔！貨真價實的『初鰹』，味道很清爽好吃吧？你們來得真是時候呢！」

女侍回答得俐落，還帶有一點地方口音。

「去吃早餐吧！」

隔天早上，阿龍來房間叫我時，已經換上西裝了。雖然他的領帶有點歪，但意外地很合適，我因此看呆了。對我這種表情都寫在臉上的反應，他剛睡醒還迷迷糊糊的，似乎完全沒注意到。身著運動服的山根他們看起來也很睏，可能昨晚喝太多了吧！

我們走到吃早餐的宴會間，阿龍突然停下腳步。我就站在他身後，差點撞上他的背，趕緊用手扶住入口的柱子。

宴會間裡放著好幾張桌子，已經有一位先到的客人。坐在角落的這位客人看起來大約五十幾歲，正喝著茶。他雖然不像阿龍穿著西裝，但穿著筆挺的藏青色西裝外套，和溫泉旅館的氣氛有些不相襯。

「老師……」

阿龍開口之前，我就已經有不祥的預感了。對方轉向這邊，露出驚訝的表情。

「真巧啊！」

我們也愣住了。不過教授驚訝的表情只有那一瞬間而已，他完全不在乎我們，立刻又將眼神挪回茶杯上。

「不覺得和龍彥很像嗎？」

想來，我們三個人心中的話，被山根先說出來了。

我受到了打擊。我心中如此怨恨的教授，散發出來的氣質竟然和阿龍一模一樣。雖然認真說起來，他健壯的體格、深邃的五官和阿龍完全不同。我們盡量找了用餐時看不到教授的座位，但吃的時候我總是會不自覺地在意身後。

吃完早餐，教授和阿龍一起離開旅館。

我們三人則開始想要去哪裡。之前在網路上查了資料，旅館人員還告訴我們許多好吃的店，其他的就仰賴旅遊書了。

「郊外也滿多地方可去的呢！」

「這裡有寫『日本三大驚人名景點』，超誘人的，三大耶！」

「到底是有多驚人啊？」

「中午要吃什麼？」

「魚市場，去魚市場！」

「又要吃魚啊！」
「糟了，這間好像要預約，快點打電話啦！」
大家想到什麼就說什麼，始終無法做決定。我們都是第一次來高知，最後決定依序造訪有名的地方。
我們三人早了一點去接阿龍，在會場附近看到其他參加者，以及疑似與學會有關的人們。
果不其然，都是一些很特別的人。至於為什麼能立刻辨別呢？我想不只是因為年齡及服裝，這些人流露出的氣質非常獨特。倒不是有什麼特別奇怪的地方，沒有人在自言自語，也沒有人會對著無人的方向眼神飄忽不定，不過還是有什麼讓人覺得不同。我突然想起初次遇見阿龍時，他與周遭不同的那股存在感。
一一在桌上攤開紙，一整天，把想到的東西寫在紙上。
第一次見面時，我問他數學系都在做什麼，他這樣跟我說。當時我想像的，是一間寂靜的白色教室，似乎很適合年輕的研究者們。
阿龍的上場時間，三天都在上午，滿早就結束了，所以我們每天中午之前就能見面。我們在坂本龍馬雕像前拍紀念照、逛魚市場、選給亞里莎及美園的禮物、悠閒地散步，就這樣度過每一天。支出由四人平分，阿龍一瞬間就把金額除成四等份，還不只計算到個位數，而是正確地算到尾數零點二五元。

高知市內和京都相同，有大河流過。這條河比鴨川還要寬，不是南北向，而是橫跨高知市東西兩側。

「這好複雜喔！」

山根看了地圖說道。

「河川就應該從北流向南嘛！」

「你什麼都要以京都為基準，還真討人厭。」

阿龍責怪他。

「因為神戶也是這樣嘛！」

面對山根的辯解，安藤插嘴說，也有道理啦！

「俗話說入境隨俗呀！」

「就算你這樣說，地圖還是很難懂啊，道路也是，為什麼不好好排成東西南北呢？」

「嗯，我可以理解你的感覺。」

「連小花也這樣說啊！」

阿龍的聲音聽起來很驚訝。

「不過用城堡來辨位，就很清楚吧！」

從高知城，可以看到市內大部份的地方。雖然無法取代東京鐵塔，但我們還是登上了天守閣[1]。由於木階梯是江戶時代留下來的，又窄又陡，爬樓梯成了很好的運動。

「城堡總是令人興奮呢！」

「會嗎？」

面對安藤他們的交談，我做出了一貫的回答：

「因為你們是男生吧！」

最上面一層，是類似陽台的地方，可以繞上一整圈三百六十度，將剛剛走過的城內、以及附近的城下町[2]一覽無疑。天守閣雖然不大，但往下瞭望，仍有一定的高度，阿龍緊緊握著扶手不放。

「真是好地方呢！」

「嗯。」

我一面看著地上玩具一般大小的路面電車，一面點頭。這裡雖然沒有華麗的景點，卻是很棒的城市。此時吹過一陣強風，我打了個噴嚏，阿龍把他的圍巾拿下來，繞在我脖子上。

「小花，妳的相機呢？」

山根跑過來問我。

「來來，再靠近一點。」

他們兩人幫我們拍了照，然後山根和阿龍對調。安藤吵著說他也要，我們一下兩人、一下三人換了各種組合，拍了許多照片。小小的相機螢幕上充滿了我們的笑容，背景的天空上，一片雲也沒有。

最後一天的晚上，我們在海邊放煙火。

位在小丘陵上的旅館和海灘之間，相連著狹窄的石階梯。我們用完餐後，飽足加上微醺，憑著手電筒的光線，小心翼翼地走下陡梯。被海風一吹撫，酒意倒是醒了。

「好，要開始囉！」

即使是這樣的季節，山根仍然準備了許多煙火。他說大阪的「IKITSUKE」批發店一年中不分季節，商品都非常豐富。

當然負責放煙火的，是專門研究炸藥的山根。安藤和阿龍插不上手不說，我更是幾乎只負責看。沙灘上散布著大大小小的岩石，我坐在其中一個上，仰望煙火。光亮的粒子被黑暗吸了進去，和對岸的漁火重疊。

1「天守」指日本城堡中最高的部份，具瞭望及指揮的功用。

2 以領主居住的城堡為中心建立而成的城市，城堡外有城牆保護，平民則住在城牆外圍。

點完一般的煙火，他們三人聚在一起討論，然後把煙火排成一列，每一支都埋一半在沙裡，準備好二十支後，山根從最旁邊的一支開始點火。原本一支支都像骨牌一般，成功地接連竄起火燄，但最後一支倒了。

「哇！」

山根悲鳴了一聲，往後跳。他的動作很大，安藤和阿龍一面拍手一面笑歪了。

他們倆拋下立刻重來一遍的山根，往我這兒走來，分別在我的左右各選了個尺寸適合的岩石坐下。

風很強，噴射出的火花在沙灘上映照出各種色彩。

「真漂亮啊！」

阿龍說。

「如果能一直待在這裡就好了。」

我忍不住說，隨即又加了一句：

「不過，這是不可能的吧！」

「是啊！」

阿龍神情祥和地點了頭，把腳放在岩石上，將膝蓋抱在胸前。安藤也說，是啊！

「細胞是每天都在變化的啦！」

「細胞？」

「嗯，安藤的進化論啦！」

「進化論？」

我完全反應不過來，阿龍笑了。

「要詳細對生物初學者說明啊！」

安藤清了清喉嚨說，好吧！

「細胞每天都不一樣。老的細胞會一個接一個死去，然後交替給新的啦！」

安藤接著繼續講課，說到人類細胞的生長循環，和其他哺乳類不同等等。

安藤總算說完之後，阿龍問我：

「如何？名師講的課，聽得懂嗎？」

「嗯，大概懂吧！」

到了最後我真是完全不知所以然，但在當事人面前實在不好意思說。不過阿龍可沒那麼體貼：

「我還真是聽得霧煞煞，生物真難懂啊！」說完聳了聳肩。

山根總算放完煙火，也走向我們，插嘴道：

「因為是要靠運氣的嘛！」

「才不是靠運氣的啦！你那個才是，點火之後燒完不就沒了？」
「什麼沒了，真沒禮貌。」
他們又開始吵莫名其妙的事了。阿龍插嘴說，算啦，算啦！
「總之就是，人類是常常在變化的吧？」
安藤看著這些不受教的學生，點了點頭。
「這和用很長一段時間來看的那種進化，是不一樣的啦！」
就算祈禱著想保持現在的樣貌，人類還是會變。至於往什麼方向變，要看狀況，想要阻止這巨大的動態或扭曲它，是不可能的。要做這樣的事，我們還太渺小、太無力。
然而持續變化、前進，是值得開心的事嗎？至少不是應該感到恐懼的事，而且就算真的恐懼，也無可抗拒。
「也會因此感覺孤單吧！」
聽完我的自言自語，安藤用諄諄教誨的語調說：
「不過，某件事物結束時，也有某件事物正要開始吧？雖然快樂無法一直持續實在很可惜，但反過來說，痛苦的事也不會永遠結束不了吧？」
「把麵包裝進袋子，也總會有裝完的一天吧！」
「安藤，與其說你在講遺傳基因，更像在講哲學啊！」

美園說過，數學就是哲學。科學與哲學看起來似乎不相容，但其實就「面對著超越人類的存在」這點來說，搞不好是共通的。

「不過數學再怎麼說，追尋的還是不變的東西吧！」

阿龍站起來伸了個懶腰，繼續又說，人類也是這樣。

「像個性或根本的東西，不是說要變就能整個改變的吧！」

「這樣說也是啦！」

山根表示贊同。他一瞬間露出怪異的表情，又馬上恢復正常，然後看了看安藤和阿龍。

「你們可能也要改善一下比較好。」

「這才是我要說的吧！」

安藤不滿地說。阿龍完全沒被挑釁到，一副事不關己的樣子問他：

「還有煙火嗎？」

阿龍從山根手中接過仙女棒，點著之後，一面揮舞著一面往海邊走去。火花像螢火一般，往水邊靠近，變得越來越小，忽然消失。

他邊踢著沙邊走回來，腳步聲和海浪聲重疊在一起。

「還有嗎？」

山根沒有回答阿龍的話，突然說，下次就是東京啦！

「下次也放煙火吧！我用宅急便寄去。」

「好啊好啊！」

阿龍很開心地贊同。

「東京有能放煙火的地點嗎？」

安藤反問。山根用生氣的語調說，東京也有海呀、河川之類的吧！

最後，我們點了線香煙火[3]。

「這次，讓我們用另一種不同的樂趣來劃下句點吧！」

「你為什麼講得那麼文謅謅啊！」

「你幹嘛自以為是司儀啦！」

大家開著山根的玩笑，山根發給我們一人一束線香煙火。

「能夠燒到最後的人就算贏，我們之前沒比過嗎？」

「像這種小東西，安藤比較擅長吧？」

我們蹲在沙地上，盯著燃燒的橘色小顆粒。剛才喧鬧時完全沒注意到的波浪聲，突然鮮明了起來。

點完線香煙火後，不知是誰先往海邊走去。一離開手電筒，我們連彼此的臉都看不清楚。

「海真是寬廣啊！」

「當然啦！」

「有種自由的感覺呢！」

大家都說出各自的感受。

「不過啊，」安藤說：「太廣大不覺得會不安嗎？怎麼說呢，會讓人覺得無助或害怕吧？」

「我懂我懂。」

大家好像都用力地點了點頭。

「雖然是很好的地方啦！」

「該怎麼說啊，像是另外一個世界的感覺吧！」

「我們連心底都變成京都人了吧！」

果真如此吧。對已經習慣京都的我們來說，太平洋實在太過雄偉了。

3 小型煙火。外型像又細又短的紙繩，用手抓著上端，往下垂放。每次點燃後，燃燒的狀況不同，有時能燒得又久又旺，有時半途就會熄滅，因此也有人拿線香煙火來比喻人生。

「好！決定了！」

山根緩緩地開口。

「回程時，我們繞去大阪吧！去買煙火。」

明天晚上，決定在鴨川放煙火。我仰望夜空，祈禱會是晴天，結果見到滿天星斗。

「星星！」

「喔喔！」他們三人慢了一拍，齊聲喊了出來。銀河淡淡地懸在天際，上面佈滿了耀眼的星群。

15 Be Happy

畢業典禮當天早上，我很早起床，穿著便服就出門了。

四處都飄著春天的微甜氣息，我騎著腳踏車，沿川端通南行。到了三月下旬，天氣雖然不是很嚴寒，早上的空氣仍然冷颼颼的，東山的群峰頂上仍有些微雪白。

我一面看著右側的鴨川，一面經過了荒神橋、丸太町、二条……以及一座座橋樑。川邊有好幾位飼主帶著小狗往來散步著。只要再過一星期，川邊的櫻花即將綻開，這裡將成為絕佳的散步地點。我還想繼續在這條路上奔馳，但接著得往西轉，走上御池大橋，經過市公所前面，往左轉，soleil到了。

上星期，陽子打電話給我。

「好久不見。」

我露出欣喜的聲音，接著陽子說了令我意外的話：

「要畢業典禮了吧？」

「我的？」

我疑惑地反問。陽子笑說，不然還有誰的呢？

「我不是說三月之前要回去一趟，妳忘了嗎？我還答應要幫妳穿振袖[1]耶！」

陽子當過一陣子美容師，所以也會幫人穿和服。我還記得聽到這句話時我回她說，那畢業典禮就麻煩妳囉！不過這段對話是早在她說要去留學之前的事，所以我已經預約好美容院了。

「妳真不守承諾啊！」

「因為妳到現在才和我聯絡嘛！」

「我也想早點打給妳，可是一直在忙。」

陽子之前寫了幾封電子郵件給我，看得出她的倫敦生活很忙碌。

「妳不要勉強啦！」

「不是只為了妳回去的，所以不要放在心上啦！」

陽子在電話那端苦笑著說，我家那個人也一直囉囉嗦嗦的。

「那我真的可以佔去妳寶貴的時間嗎？」

與其花時間幫我穿和服，陽子還不如把時間留下來和老闆在一起吧！能見到陽子雖然很開心，但我不好意思佔用她太多時間。

「沒關係沒關係。」

陽子爽朗地說，不用擔心，因為這次會待上兩星期，而且我對幫人穿和服很有自信喔！

三個月沒有到店裡來，寫著停業的紙張已經褪了色，染在門上了。

「早！」

久未見面的陽子看起來精神很好，店裡還準備了梳妝用具，有梳子、髮夾等，就像真的美容院。我把家裡寄來的一整套振袖交給她，請她幫我著裝。

的確如她所說，她的技術很好。她用那些我不知名的布料、繩子等配件，俐落地把我的身體包了起來。

「妳太瘦了所以不好穿。沒有曲線的身材比較適合穿和服，直筒狀的才好穿。」

陽子端倪著鏡中的我，又在我的腰上多加了一條毛巾。

「搞不好妳應該去英國住一陣子，無論是誰都會立刻變成適合和服的體型吧！」

1 和服款式的一種，是未婚女性的正式禮服。現今日本許多女性於成人式、畢業典禮、婚禮時穿著。

「妳不是完全沒變嗎？」

鏡子中的陽子臉頰似乎變得比較圓潤了，但體型還是一樣纖瘦。

「沒有喔！」

陽子用力搖著頭，然後拉緊綁在我腰際的繩子。我的腰突然被緊緊束住，呼吸因此中止了一下。

「我變胖了，尤其是肚子最糟糕。還好現在不是穿夏裝的季節，不然會被妳笑的。」

聽說老闆去機場接她的時候，第一句就是「妳胖了嗎？」陽子不滿地說，看看他多過份吶！不過在我看來，搞不好老闆是想掩飾害羞。

「那些食物啊，總之就是量又大、又油膩。特別是炸魚和薯條，可不是開玩笑的。」

她說，魚的大小、外層麵衣的量、成山的薯條，起初真的嚇到了，不過很快就習慣。

「人類還真是勇猛啊！」

「應該還是看人吧！」

「不不，妳應該和我是同一國的。」

陽子斷言。

「妳來英國一定是會變胖的那種。妳看，妳也喜歡黑啤酒啊！」

陽子一面開玩笑，一面又拿起繩子。桃色的和服內衣，外面再披上鮮豔的綠色。和服就是這樣，將各種不同的顏色及花色全部組合在一起，令人不可思議。

「我也帶了一套和服到那邊去。想著可以在聚會上穿。」

「大家一定很高興吧！」

聽說日本的穿著在國外很受好評。尤其是英國，他們認為有歷史和傳統的東西是有價值的，所以很接受和服。

「住在英國，反而會回過頭來思考很多日本的事情喔！有機會我還想到其他歐洲國家去住住看。」

這樣一來，陽子回日本的時間可能又會晚上許多。她可能察覺到我對老闆起了惻隱之心，因此接著說：

「不過總之先做就是了，順其自然就好。」

陽子說，她家那個人也同意。老闆看到戀人精神抖擻的模樣，也很開心吧！

「Don't worry. Be happy!」

「什麼意思呀？」

陽子念了如咒文般的一串話，我問她。

「我們老師的口頭禪，他是義大利人。」

她說，從時尚之都米蘭聘來的這位老師，不能理解英國人把事情想得很嚴肅、時常鬱鬱寡歡的個性。老師這種帶拉丁風格的歡樂言談，在班上很受歡迎。

「不論是來不及交作業或是天氣不好，我們都回答這句。」

陽子笑著說，妳在東京也試試吧！

九點過後，阿龍他們來了，此時陽子正幫我插上頭簪。

「真漂亮啊！」

「沒想到小花那麼適合啊！」

雖然穿上和服覺得呼吸很辛苦，但聽到大家的讚美還滿高興的。尤其是看到阿龍喜歡的樣子，真令我開心。我用力縮著小腹，盡量不在表情上顯露出來。

「看起來怎麼不太一樣啊！」

安藤天真地說。陽子看到我快喘不過氣的臉，一直忍住不笑出來。

「大家好啊，第一次見面。」

陽子幫我把頭髮盤好後，正式和阿龍他們打了招呼。他們三人有點緊張地鞠了個躬。

「好，那就開始吧！」

這是我的提議，請陽子當他們三個人的造型師。

「機會難得，要不要打扮一下再去啊？我有準備好的衣服，幫你們挑挑看。」

其實不只是他們三人，還有很多留下來升研究所的理科學生，對他們來講，畢業典禮稱不上是大事。由於他們待在和大學時同一個研究室，沒有和朋友、教授分離，所以很多人根本不出席畢業典禮。阿龍也不例外，今天本來只是要來看我穿振袖的。我原也這麼想，但陽子說這樣的場合很難得，說得我動心想和大家一起參加畢業典禮了。對我來說，這個儀式將結束我的學生生涯，以及我在京都的生活。

「好像很有趣吶！」

我把陽子的想法告訴他們，山根首先表示興趣。其餘二人也被捲進來聽從陽子的命令，告知了衣服及鞋子的尺寸。由於我事前把大家的照片寄給陽子，所以陽子準備得很齊全。

「這是我真心的祝福兼餞別禮。」

陽子說，這些東西都是本來就有的，所以就不要在意費用了。soleil暫時得繼續停業下去，這些衣服也只能一直收著。

「難得的機會，就讓他們穿穿看吧！一直把衣服放著也挺可憐的。」

既然陽子這麼說，大家就恭敬不如從命。我們在高知花了許多錢，剩下的存款實在不夠。

「小花也帶幾件喜歡的回去吧，有沒有想要的衣服呢？」

若問我想要什麼衣服，腦海中首先浮現的是參加公司入社典禮時要穿的素色套裝。不過這樣的衣服店裡是沒有的，於是我選了雪紡紗質料的經典款上衣。

「不愧是要出社會的人呢！」

陽子心有所感地說。但我覺得這件衣服若要上班穿，縐折和蕾絲似乎都太多了。不過之前參加公司研修時到各樓層參觀，發現女性員工的穿著比我想像得隨興。我樂觀地想，可能是習慣之後，衣著就不用那麼嚴謹了吧！「Don't worry」，「Be happy」。

我不過稍微提了一下，沒想到陽子的造型功力這麼高，從外套到鞋子等配件都準備了三人份。

「我用黑色做基調，希望有整體感。」

阿龍是簡素的黑西裝外套，襯衫是純白的，只有領帶是鮮豔的藍色，上面有細緻的花樣。山根是黑絲絨外套，配上暖色系的花呢格紋褲，陽子說這是「倫敦男孩風」。安藤的造型主題是「有獨特個性的業界人士」，同樣是黑西裝外套，但裡面搭配的是T恤，胸前還印著小小的手繪紅色愛心。

最後一道程序是髮型。阿龍只在前面的頭髮上了些髮蠟，山根的妹妹頭及安藤的捲毛頭都被剪短了。鋪在地上的報紙上散落著大量頭髮。特別是安藤的頭髮被剪了許多，都快可以叫他和尚了。他的鬍子也被修剪得很乾淨。陽子在店裡狹窄的洗手台幫他洗了頭，用吹風機吹乾。

「好，完成了！」

陽子轉向在店內一角等候的我。她似乎對自己的作品很滿意，手插在腰際點著頭。

我依序看著三個人的裝扮，打了分數，然後說感想。

「三個人都很帥！」

這可不是客套話。

「好像變了個人！」

我其實不是為了回敬安藤剛剛說的「看起來怎麼不太一樣」，但卻忍不住這樣說出口了。他們三人也屢屢照著鏡子。不過他們沒有把我那句稱不上是讚美的話放在心上，看來對自己的變身很滿意。

「還滿適合的嘛，你看起來不錯啊！」

「你才真的像是變了個人呢！」

他們的交談聽起來帶些猶豫似的。陽子插話了：

「山根看起來像不像那個誰？去年底有演連續劇的那個。」

陽子說了一個名字，是最近很受歡迎的偶像團體成員。我不禁拍手叫好說，好像好像喔！

「那是誰啊？」
「不知道呢！」
看著我和陽子如此興奮，男生們愣成一團。
「如果拿下眼鏡應該會更完美，快點拿下來看看？」
陽子用命令的口吻說，山根乖乖地拿掉了眼鏡。
「喔喔！」
我和陽子對看，真的很像呢！
「不過我這樣就什麼都看不到了。」
「這種看起來有點不安的眼神更像了。」
沒想到陽子有令人意外的一面，看來她是那位美少年偶像的粉絲吧！陽子強烈建議山根戴隱形眼鏡，平日大膽的山根這下有點嚇到了。
「女孩子果然有很多樂趣啊！」
阿龍搖著頭喃喃自語。
「能保持這種心情，應該什麼都能改變了吧！」
安藤摸著滑溜的下巴說，偶爾做做這種裝扮也不錯啊！

畢業典禮一星期後，是我搬家的日子，天氣晴朗。

我前一天大致都準備好了，請了宅急便今天一大早來我家把行李收走。行李大大小小約有十個紙箱，分別用麥克筆在上面寫著「餐具」、「書」等，當然，寫著「衣服」的箱子最多。打包行李很辛苦，尤其是整理衣服，因為實在太多了。我將衣櫃裡的衣服分成要的及不要的，然後深刻反省自己的購買慾真是太強了。

將衣服分類完，覺得累了，於是從抽屜裡拿出那件令人懷念的白襯衫。去年七夕沾上的藍莓污漬怎麼也洗不掉，只好把它一直收著。我想應該再也不會穿了，但仍仔細地疊好，放進寄回東京的箱子裡。這件衣服就像是我的護身符。

送走行李後，就沒什麼事了。我打了電話給阿龍，只響了三聲，接起來的是他本人。

「喂。」

我感到有些不適應，回答說我是小花。因為我不習慣不透過管理員老伯，就能直接和阿龍講電話。我撥的是阿龍的手機，對我來說還是怪怪的。

「搬完了嗎？」

「嗯。」

不必委託搬家公司就能把行李全部處理好，是因為傢俱和電器之類的都直接留在房間裡，我租的這個房間接下來要讓給阿龍住。由於我和房東保持著良好關係，所以禮金和保證金都免了，真是感謝。

「那我現在去準備。」

阿龍總是很大聲對著手機說話。他剛開始用手機，可能搞不太清楚音量大小吧！

這支手機，是到關西機場送亞里莎和修治去美國的那天，我們一起到四条通去買的。

美園也到機場的出境大廳來了，我們並排著目送亞里莎他們進去。

「大家都要離開了呢！」

美園平靜地說。

「小花是下星期吧？要把龍彥留在京都啊，真可憐。」

「妳管太多啦，妳才是，差不多也該去去其他地方了吧！」

「我很喜歡京都嘛！或者應該說，我被京都喜歡著呢！」

面對阿龍的吐槽，美園一點也不受影響。她看著我說：

「妳到東京好好加油喔，不要拋棄龍彥喔！」

「妳真是愛說什麼就說什麼耶，唉唷。」

她看了看嘟噥著的阿龍，又看了看不知怎麼回話的我，撥了撥長髮說，不過你們應該沒問題的啦！

「哇，好了不起的口氣啊！」

「你對愛神邱比特怎麼那麼沒禮貌啊！」
「邱比特？妳有那麼可愛嗎？」
阿龍回她說，不用妳講我們也沒問題的啦，然後瞥過頭，美園則是露出胸有成竹的微笑。這兩個人還真像姊弟呢！
我和阿龍講完電話，半小時後，阿龍的行李就送來了。不是用搬家公司的卡車、也不是宅急便，而是裝在上次那輛蔬果屋的小型貨車上。
阿龍開著車，山根和安藤則騎著腳踏車跟在後面。他們表面上是來幫忙搬行李的，其實是對阿龍的新家感興趣。再怎麼說，阿龍的行李根本沒有多到要四個人一起搬。只有五個紙箱，看起來可能是從學校福利社拿來的，上面還畫著蔬菜。箱子裡幾乎都是書和筆記。另外還有幾個紙袋，從開口看得到裡面放了衣服和毛巾。阿龍擁有的書和衣服的比例，正好和我相反。
「這裡真不錯啊！」
自動上鎖的大門、共用的玄關、電梯，安藤和山根連連稱讚。
「真漂亮啊！」
「這讓龍彥住，太浪費了吧！」
「你們自己跟過來還……不要說有的沒的，快點來幫忙啊！」

阿龍用手上的紙箱輕輕撞了他們兩人。
四個人一同進來，擠滿了這間小套房。微風拂過鴨川，從開著的窗戶吹了進來。
「真好啊，一個人住。」
山根坐在床上，環視著房間，嘆了口氣。他一星期前剪短的頭髮，睡覺時被壓得翹翹的。安藤坐在旁邊，嗯嗯地點著頭，他的鬍子已經長回原來密密麻麻的樣子了。
「你們也可以搬離宿舍啊！」
「嗯，要有錢才行。」
「不知道要裝多少麵包才夠啊？」
山根的聲音悶在嘴巴裡，不清不楚的。他拍了拍阿龍的肩，說：
「不過啊，我們會來找你玩的，不要擔心啊！」
「不用來也可以啦！」
「不不，你絕對會很孤單的。」
這兩個人，不可能棄朋友不顧的。他們很開心地聊著，接著安藤提了一個充滿關愛的建議。
「那麼，我們來做備份鑰匙吧！」
「不錯耶，這樣我們隨時都能自由進出，很方便啦！」

阿龍露出厭煩的表情說，一點都不好。

「你們到底和我感情多好啊，真噁心啦！」

「對了，我要記得把我的鑰匙給你。」

我插話說，結果阿龍搖搖頭。

「妳留著就好，我有這支就可以了。妳沒鑰匙的話不方便吧？」

山根和安藤互看了一眼。

「就算這樣，小花也不能常回來吧？」

「小花應該很忙吧，不要小看社會人士啊！」

無論他們怎麼說，阿龍只是微笑著，沒有要回答的意思。

「大概一個月回來一次吧？」

「搞不好之後就變成一年一次啦！」

「唉呀，又不是在過七夕。」

我也笑了起來，不過他們兩人好像真的在擔心。阿龍仍舊微笑著。

「龍彥怎麼會那麼悠哉啊！太有自信了吧？」

山根不斷嘆著氣。

「愛吧，這是愛。」

安藤順口答道，然後打了一個大呵欠。

「那我們不打擾啦！」他們兩人離開後，房間突然安靜了下來。

「妳說是幾點的新幹線？」

阿龍坐在剛才被安藤佔領的床中央，開口問我。我小小聲地回答：還沒買票，然後坐在阿龍旁邊。

「不過大概傍晚就要離開吧？」

我今天要離開京都，就算延到最後一班電車，難過還是相同的。甚至越往後延，越難忍受分離的痛苦。我們約好了，就算離開也要保持現在的樣子。腦子裡雖然知道，但還是難過。

「大概還有五個多小時吧！」

阿龍看著我說，我們開車去兜風吧！

「難得借了車，可以去遠一點的地方喔！然後要不要去哪裡吃好吃的東西？」

阿龍和平時不同，很積極、甚至是半強迫地邀約。

「好啊！」

我勉強用開朗的聲音回答。

「去哪裡呢？」
「有京都風情的地方比較好吧！而且要不開車就不容易到的。」
「賞花好像還太早喔！」
「梅花之類的應該已經開了吧？如果是安藤應該對這種事很清楚。」
「剛剛忘記問他了。」
大原、貴船、宇治，我們胡亂舉了些京都地名，結果反而更複雜。
「怎麼辦，好難決定啊！」
阿龍邊搔頭邊思考，他的眼睛突然亮了起來。
「要不要去將軍塚？」
在東山登山車道的最上面有個高台，是很受歡迎的賞夜景地點。由於從「蹴上」這個交叉口開始就是陡峭的山路，如果不開車，平常很難到。我參加專題課舉辦的旅行時，回程曾經到過這裡一次。
今天雖然看不到夜景，但天氣很好，應該可以望盡美麗的街景吧！在離開京都前，用京都的全景來做這四年的總結，似乎很適合。
「好像不錯。」
我原本心情鬱悶，一下子又恢復了開朗。我本來就不習慣應付低迷的氣氛，此時耳邊響起了陽子的聲音：「Be happy」。

我奮力從床上站起，抓了錢包放進口袋，正要把房間鑰匙拿出來時，突然想起了剛剛的對話。

「鑰匙。」

「什麼？」

「真的沒關係嗎？」

我拿起鑰匙圈，在坐著的阿龍面前晃呀晃的。

「你如果鑰匙弄丟了，沒有這把不方便吧？」

「我不會弄丟啦！」

「以防萬一，做個備份鑰匙比較好吧？」

「我說沒關係啦！」

阿龍抬頭看著我。

「不用備份鑰匙，有兩支就好了，妳的和我的。妳才不要弄丟喔！」

他站了起來，摸了摸我的頭髮，然後往玄關走去。

我說，才不會弄丟呢！不知這句話他是否聽到了，我掩飾著感傷的心情，連忙跟在他身後。

「我是第一次去將軍塚喔！」

阿龍蹲著一面穿鞋一面說。他又喃喃地說，應該到得了吧，有導航應該沒問題吧，不過我對開車上坡沒有什麼把握啊！

我低著頭看著阿龍的背後，心想：以後——以後，我們之間一定還會增加許多「第一次」的經驗吧，新的回憶一定會漸漸增加的。

阿龍伸手握住門把，像是想到什麼一樣，回過頭來：

「對了，把行李一起拿去吧！我直接送妳去車站。」

「對喔，好，我去拿，等我一下。」

兩手空空的我慌忙向右轉身，阿龍先出了門。

「有車所以慢慢來沒關係啦，不要忘記東西喔！」

我急忙把手提行李準備好，慢了阿龍一步離開房間。穿好運動鞋，踏上走廊，轉過身想要鎖門時，看到正面窗外的遠方，鴨川正靜靜地閃著光亮。

此時我脫口而出的話，不是「再見」。

「我要出發囉！」

我喃喃自語著，然後鎖上了門。

文學森林 LF0035

左京區，七夕小路向東行

左京区七夕通東入ル

作者

瀧羽麻子（Takiwa Asaco）

一九八一年出生於兵庫縣，京都大學畢業。二〇〇七年以〈うさぎパン〉（暫譯：兔子麵包）獲得第二回日本「達文西文學獎」首獎。著書有《うさぎパン》、《株式会社ネバーラ北関東支社》（暫譯：有限公司Nebara北關東分社）、《左京区恋月橋渡ル》（暫譯：行經左京區戀月橋）、《はれのち、ブーケ》（暫譯：放晴之後的捧花）、《オキシペタルムの庭》（暫譯：藍星花庭園）。

譯者

王文萱

台大日本語文學研究所碩士，日本京都大學碩士，現於京都大學就讀博士課程。日本生田流箏曲正派邦樂會準師範。曾任出版社編輯、日文教師，現從事筆譯口譯、文字創作等。著作《京都爛漫：遊京都戀上日本文化》，另有譯作十餘本。

封面、內頁插畫　松本陽子
美術設計　謝佳穎
副總編輯　梁心愉
版權負責　陳柏昌
行銷企劃　詹修蘋、張蘊瑄

初版一刷　二〇一三年八月二十六日
定價　新台幣三〇〇元

ThinKingDom 新經典文化
發行人　葉美瑤
出版　新經典圖文傳播有限公司
地址　臺北市中正區重慶南路一段五七號一一樓之四
電話　02-2331-1830　傳真　02-2331-1831
讀者服務信箱　thinkingdomtw@gmail.com
部落格　http://blog.roodo.com/thinkingdom

總經銷　高寶書版集團
地址　臺北市內湖區洲子街八八號三樓
電話　02-2799-2788　傳真　02-2799-0909
海外總經銷　時報文化出版企業股份有限公司
地址　桃園縣龜山鄉萬壽路二段三五一號
電話　02-2306-6842　傳真　02-2304-9301

左京區，七夕小路向東行 / 瀧羽麻子著；王文萱譯
. -- 初版. -- 臺北市：新經典圖文傳播, 2013.08
296面；14.8×21公分. --（文學森林；LF0035）
ISBN 978-986-5824-05-1（平裝）

861.57　　102011431